그렇지 않다면 석양이 이토록 아름다울 리 없다

그렇지
않다면
석양이
이토록
아름다울 리
없다

마루야마 겐지

이영희 옮김

바다출판사

차례

버릴 수 없다면 정원사가 되지 마라

내가 이상적으로 생각하는 손수 가꾼 정원이란, 특별히 사계절 내내 꽃이 가득 찬 공간이 아니다. 하늘에 들어찬 별처럼 찬란한 만개의 순간을 일 년에 며칠 정도만 엿볼 수 있게 해 준다면 그것으로 충분하다. 어디까지나 사적인 소우주에 다름 아닌 것이다.

즉, 불특정 다수의 눈을 의식한 게 아니라 나 스스로를 어디까지 감동시킬 수 있을까에 의해 승부가 결정되는, 극히 개인적으로 사랑하는 창조 공간이다. 이를 위한 고군분투요 고심참담(苦心慘憺)이지만, 정원 가꾸기도 인생과 비슷해 몇 년간 경험을 쌓아 왔다고 해서 좀처럼 생각한 대로 되지는 않는다.

하지만 근래 들어서는 역시 또 실패란 말인가라고 참담해 할 만한 결과를 맞는 일은 거의 없다. 적어도 기대했던 효과의 절

반 정도는 거둘 수 있게 됐다.

사적인 소우주

대지 350평인 우리 집은 해발 750미터에 위치해 있다. 아즈미노[安曇野]의 북쪽 외곽, 대략적으로 북알프스 기슭, 주위에는 무논과 비닐하우스와 농가뿐인, 자극이라고는 극단적일 정도로 없는 그런 분위기에 둘러싸여 있다.

가슴 설레는 절경은 오월 하순에서 유월 중순에 볼 수 있다. 다른 지역과 비교하면 비교적 늦다. 이 때문에 뭔가 뒤처지고 있다는 느낌을 지울 수가 없다.

그러나 일 년 내내 이 땅을 떠나지도 않고 여행을 가는 일도 없이, 마치 정원의 노예처럼 살고 있는 나 같은 사람이 남의 땅의 절기 변화나 개화 상황 등을 알 길은 없다. 정원에 만개의 순간이 반짝 찾아올 때마다 '이 세상 봄의 중심은 역시 이곳이 틀림없어.'라는 오만한 생각에 빠져 혼자 흐뭇해 하는 것이다.

전적으로 찰나에 불과한 만개의 순간을 위해, 다른 계절 대부분의 하루하루를 평범하기 그지없는 편집증적 분투를 하면서 보낸다. 그 덕분에 정원의 식물들이 불꽃놀이 장치에서 솟아오르는 불꽃 혹은 시한폭탄처럼 일제히 꽃을 피워 아름다움을 겨루는 색채와 향기의 제전이 계속되면, 술에 취한 것과는 비교할 수 없는 기분에 푹 빠져 버린다. 붕 뜨고, 두근두근 안절부절 못한다.

그 무렵의 나를 본 사람들은 지금 완전히 만족하고 있는 거죠라고 말하고 싶은 표정을 짓는다. 하지만 감상자가 아니라 어디까지나 정원을 만든 존재인 나로서는 그들이 상상하는 정도의 대만족 경지에는 도달할 수가 없다. 정신을 완전히 잃을 만큼 취하면서도 한편으로는 오들오들 떨며 결과의 전모를 지켜보고 있는 또 다른 내가 존재하는 것이다. 상상력을 최대한 발휘해 세운 계획과 그것을 위해 아까운 기색 없이 쏟아부었던 노동력이 잘 맞물려 작동하고 있는지 등을 생각하며 좌불안석하는 나를 부정할 수가 없다.

성취감과 절망감, 실패와 성공, 예상 이상의 효과와 생각지도 못했던 함정, 그것들이 교대로 들락날락하며 나를 갖고 논다. 그러는 동안, 고양과 긴장의 계절이 눈 깜짝할 사이에 지나가 버린다. 그 정도로 눈을 매혹했던 개화가 환영처럼 사라진 이후에는 한동안 방심한 상태가 되어 이전처럼 도전적인 기분으로 정원에 나갈 수 없게 돼 버린다. 꽃 같은 건 이제 어떻게 돼도 상관없다, 될 대로 돼라는 식으로 연일 계속 내리는 비를 멍하니 바라보며 지낸다.

으르렁거리는 투쟁의 시간

그 틈을 타 초목은 계속되는 비와 장마 이후 쏟아지는 햇빛을 최대한 활용해 무서울 정도로 성장해 간다. 억세고 끈질김에 있어서는 동물을 능가할 정도다. 잎의 수를 배의 배로 늘리고, 가지를 늘릴 수 있을 만큼 늘리며, 쉬지 않고 뿌리도 뻗어 나간다. 공존이나 협조의 정신 따위는 찾아볼 수 없고, 있는 것은 적자생존이란 가혹한 경쟁뿐이다. 으르렁거리는 소리 하나 없는 침묵의 투쟁이 낮이고 밤이고 계속되는 것이다.

그래서 정신을 차려 보면, 어느새 한 달 전의 정연한 공간은 흉포한 밀림으로 바뀌어 있다. 정원을 정원답게 만들어 주던 질서는 위기를 맞는다. 이제 무언가 조치를 취하지 않으면 안 된다. 내 생활공간이 녹색 바다의 밑바닥으로 가라앉아 버릴지 모른다. 불안과 공포가 나의 투쟁심에 다시 불을 붙인다.

풀 뽑기, 가지치기, 거름주기, 살균제와 살충제 뿌리기, 물 주기…. 시간은 아무리 많아도 모자라다. 때로는 하루 두세 시간의 집필조차도 그만두고 싶을 만큼 바쁜 날들이 계속된다. 이런 나를 본 사람들은 내가 소설가가 맞는지 의심에 사로잡힌다. 오프로드 바이크를 거칠게 몰던 나를 보았을 때처럼, 마치 두 명의 내가 존재하는 것 같은 착각에 빠지는 것이다.

이상할 만큼 몰입해 그럭저럭 여름의 무더위와 건조함을 견뎌 내고, 어떻게든 무사히 가을을 맞는다. 잡초의 기세도 쇠하고, 정원도 나름대로 안정을 되찾는다. 마음의 여유가 생기자 이번에는 계획을 재검토하는 쪽으로 관심이 향한다. 정말 이런 배치로 괜찮은 걸까, 이 나무나 이 장미는 과연 이 정원에 필요한 것인가, 전체 정원 모습은 바람직한 아름다움을 향해 나아가고 있는가. 그런 냉철한 의문들이 고개를 들기 시작한다.

이쯤 되면 좌불안석이 되어, 머리에는 질문과 그 해결책이 어지럽게 뒤섞인다. 이러지도 저러지도 못하는 사안들을 두루 생각하고 있는 사이 마침내 중대한 결함을 발견하기에 이른다. '아, 이 나무가 방해를 하고 있구나.' 중얼거릴 때는 이미 그 나무를 없애 버리거나 다른 곳으로 옮기거나 둘 중 하나를 서둘러 선택해야 하는 처지에 놓인다.

없애 버리는 방법에는 두 가지가 있다. 하나는 눈 딱 감고 베어 내는 것, 또 하나는 지인의 정원으로 나무를 이사시키는 것이다. 베어 내는 것은 뿌리를 다치지 않게 파내는 것이 어려워, 옮겨심기가 거의 불가능한 경우로 한정한다. 베어 내는 방법은 간단하다. 주변 식물에 피해를 줄 정도로 크지 않을 경우엔 손으로 켜는 톱이라든지, 사슬톱, 도끼 등으로 순식간에 자를 수 있다.

하지만 다른 정원에 옮겨심기는 그렇게 간단하지 않다. 우선 나무를 받아 줄 상대를 찾지 않으면 안 된다. 장미나 철쭉, 병꽃나무나 납매 같은 작은 나무라면 그다지 문제는 아니다. 하지만 조금 더 큰 수목, 예를 들어 좀벚나무, 때죽나무, 단풍나무 같은 것들은 받아 줄 곳을 찾기 힘들다. 받아 주겠다는 이가 나타났다 하더라고 옮길 수단이 문제다. 작업에 꽤 공을 들이고 긴 시간 노력을 기울여야 해서 자칫하다가는 나무가 말라 죽을 수도 있다.

버릴 수 없다면
정원사는 금물

어찌됐든, 자신이 좋아하는 식물들을 정원에 모아 심어 놓고 물과 비료만 주면 저절로 정원 모양이 난다고 생각하는 것은 큰 착각이다. 정원과 자연의 결정적인 차이는, 간단히 말하면 질서와 무질서의 차이다. 물론 산이나 숲, 초원에 질서가 없는 것은 아니다. 그러나 그것은 기나긴 자연도태가 이룬 업적이다. 한 인간의 일생이라고 하는 짧은 시간에 얻을 수 있는 질서가 아니다. 수백 수천 년, 때로는 수만 년의 아득한 세월이 필요하다.

그 때문에 그 긴 시간을 단축하기 위한 끊임없는 손질이 필요하고 인위적으로 다소 억지스러울 수도 있는 질서를 만들어 주지 않으면 안 된다. 그 일을 게을리 하면 좁고 한정된 공간은 울창해지고 있군, 드디어 정원사의 관록이 보이는군 하며 감탄하는 사이에 점점 좁고 거추장스럽기만 한 곳으로 전락하고 만다. 결국 압박감에 괴로워할 수밖에 없다.

정원 본래의 역할이랄 수 있는 치유나 평온과는 정반대의 상황에 처해 버리는 것이다. 몇 년 후에는 뿌리와 뿌리가 서로 얽히거나, 빛이 부족해지거나, 병충해의 제물이 되면서 말라 죽는 나무가 급속히 는다. 그러다 보면 마치 죽은 자의 정원처럼 되어 버리는 것은 정해진 사실이다. 이런 모습은 물건을 살 수 있는 데까지 사 모아 애지중지하며 놓아둔 것 같은, 잔뜩 어질러진 방과 흡사하다.

대개는 여성에게 그런 경향이 있다. 아까워, 추억이 담겨 있잖아 등등의 이유로 계속 모으다 보면, 언젠가는 전부를 잃어버리는 지경에 이르고, 문득 깨달았을 때는 자신조차도 누더기가 되어 있다. 폐인 같은 몰골로, 거친 무덤 같은 땅에 멍하니 서 있게 되는 것이다.

요약하자면 우유부단해 대담하게 버리지 못하는 사람에게는 정원 가꾸기가 어울리지 않는다. 가드닝 같은 것이 한때 크게 유행했다가 이제는 완전히 시들해져 버린 것은, 손에 들어온 꽃들을 품은 채 하나도 놓지 않으려는 성격의 사람이 너무 많았기 때문일 것이다.

요염한 색채의 아름다움에 현혹돼 그것만 추구하면, 당연한 결과로 창작 의욕은 금세 바닥으로 떨어지고 만다. 이것은 모든 예술에 다 적용되는 법칙이다. 외형의 아름다움에는 빠져들기 쉬운 탓에 일시적으로 많은 팬이 모이고, 그 수가 많아지면 장사도 성공하며, 때에 따라 붐을 일으키기도 한다. 하지만 경박한 아름다움은 오래가지 못하고, 그 붕괴는 곧 눈에 보이게 된다.

진정한 아름다움을 얻으려면 필연적으로 진화와 심화의 길을 더듬으면서 걸어가지 않으면 안 된다. 끝없이 추구하고 착실히 노력하는 시간을 겹겹이 쌓는 것 외에는 방법이 없다. 아름다움은 무한하고 끝이 없는 법이다. 그러므로 아름다움을 얻는 데 발을 들여 정도(正道)를 걷는 참맛을 알게 된 사람은 두 번 다시 그 길에서 벗어날 수 없다.

이런 이유로 정원이 만개한 그 순간을 끝이라 말할 수 없다.

적어도 나의 생명과 건강이 위태로워질 때까지 정원 가꾸기가 중단되는 일은 없을 것이다. 그러므로 정원 돌보기는 내가 살아 있는 증거라고, 그렇게 가슴을 펴고 단언할 수 있다.

2월

사 철 내 내 꽃 을 피 울 수 는 없 다

장미 수백 그루를 가지치기하고, 유키가코이(나무가 눈에 얼지 않도록 짚이나 가마니로 에워싸는 일. 눈이 많이 내리는 지역에서 주로 한다. ─ 옮긴이) 설치도 완벽하게 끝낸다. 새로 산 초목은 최적의 장소에 넣어 둔다. 이로써 다가올 봄 준비를 모두 마쳤다는 안도감과 성취감이 밀려온다.

이런 행복을 맛보며 추운 겨울을 맞을 때면, 우리 정원 식물의 무사함을 기원하지 않을 수 없다. 북알프스 산기슭이라 겨울철에는 꽤 가혹한 환경인 곳에서 내 취향으로 모은 초목들이 엄동을 잘 넘길 수 있을까를 생각하면, 아무리 걱정해도 미진한 것이다.

우선 눈. 이건 무엇보다 커다란 적이다. 끈적한 눈이 소복하게 내릴 때는 특히 주의해야 한다. 나의 두 팔뚝 정도 되는 굵직한 가지가 눈의 무게를 못 견디고 덜컥 부러지는 일도 있다. 이어 저온. 겉보기엔 아무 일 없는 것 같은데, 해빙기가 시작될 무렵에야 식물이 동사한 것을 알게 되는 경우도 있다. 뿌리 끝부분까지 당해 버려 재기가 불가능하다는 사실에 아연해지는 일도 드물지 않다.

겨울은 지성의 시간

그러나 겨울 내내 이런 근심에 빠져 있는 것은 아니다. 첫눈이 내리고 두세 번째 강설이 찾아오고 나의 눈이 온통 백색의 세계에 익숙해져 버리면, 그렇게도 강렬했던 정원에 대한 열정이 순식간에 사그라져 간다. 봄부터 가을까지 들인 노력과 시간을 태연하게 잊어버리고 전혀 무취미한 남자로 돌아간 듯 창문 밖으로 시선을 돌려도 거의 아무것도 느끼지 않게 돼 버린다. 어느 틈엔가 나는 모른다는 태도가 몸에 배어든다.

거기엔 추운 겨울을 오롯이 견디고 있는 식물들을 즉물적인 눈빛으로밖에 바라볼 수 없는 또 다른 내가 있는 것이다. 직접 가꾼 정원이 나와 전혀 관계없는 장소로 생각되고, 마음속은 아주 고요해진다. 내년에는 정원 가꾸기에 더 큰 노력을 기울여야

겠다는 의욕이 정말이지 거짓말처럼 느껴진다. 그 대신 막 쓰기 시작한 새 소설에 대한 뜨거운 열정이 뇌리에 가득 찬다.

그렇게까지 육체적이었던 내가 은백색의 계절로 바뀌자마자 갑자기 정신적이기 그지없는 자로 바뀌는 것이다. 정원사에서 소설가로 이행할 때의 시간이 이를 데 없이 짧고, 불과 며칠 사이에 딴사람으로 변해 버린 듯한 자신에게 까닭 모르게 언짢아지기까지 해 나의 성격이나 정신 구조 등을 진심으로 의심하기도 한다.

자나 깨나 염두에 있는 건 신작 소설뿐, 다른 생각이 끼어들 여지가 없다. 어쩌면 지성(知性)에게는 겨울이야말로 싹이 돋아나는 계절인지도 모른다. 이때의 나는 이미지와 언어로 이뤄진 소설 작품의 개화에 내몰리며 날이면 날마다 집필에 몰두한다. 겨울 동안만 글을 쓰는 건 아니고, 다른 계절에도 같은 시간에 소설을 쓰지만, 영감의 밀도 면에서는 차이가 현격하다.

단적으로 표현하자면 겨울에 얻은 영감은 크고, 봄이나 여름, 가을의 영감은 그 큰 영감을 보강하기 위한 작은 영감이라고 말할 수 있을 것이다. 그러니 내가 온난하고 편리한 도시에서 살았다면, 이런 거대한 영감과 만날 기회는 전혀 얻을 수 없었을 것이다. 있었다고 해 봐야 고작 몇 년에 한 번 혹은 십수 년에 한 번 꼴이었으리라. 그렇게 되면 이상할 만큼 성급한 나로서는 영감을 기다리다 못해 직업을 바꿔 버리는 지경에 이르렀을 것이다.

뭐랄까, 나도 모르게 겨울 식물들에게서 영향을 받은 듯하다. 즉 발아와 개화, 생장을 순조롭게 진행하려면 긴 휴면 기간이 필수 불가결하다는 당연한 진리를 무의식적으로 배웠을 가능성이 매우 크다. 겨울철의 휴면은 결코 게으른 잠이나 선잠 같은 게 아니다. 폭발적인 에너지를 축적하기 위한 준비 기간으로 봐야 한다. 그것이 없이는 봄도 여름도 가을도 있을 수 없다.

사철 내내
꽃을 피울 순 없다

인생에서 겨울은 좌절의 기간이다. 식물을 통해 알 수 있듯이 이것도 새로운 비약을 위한 중요한 조건이다. 개화, 개화의 연속인 식물이 존재하지 않듯, 성공, 성공의 연속인 인생 또한 없다. 좌절과 실패는 사람을 고독의 지옥에 던져 넣는다. 그 지옥에서 빠져나오지 못한 사람 중에는 스스로 목숨을 끊는 사람도 있지만, 맞서 싸워 자신에 의존하는 힘을 기른 사람은 재생 부활의 기회를 얻는다. 그뿐 아니라 회복을 넘어서는 무언가를 받게 돼, 이전보다 한 단계 더 굳건해진 생명으로 훨씬 더 멋진 성공을 안게 되는 것이다.

이런 시골의 겨울을 지배하는 고독의 근원은 강설과 찬바람이다. 거기서 파생되는 어찌할 길 없는 적멸감이다. 그렇게 생기에 가득 찼던 전원은 생명력 없는 분위기에 짓눌려 버리고, 밤에는 분명 불빛은 있지만 점점이 존재하는 집들에서 인기척은 거의 느낄 수 없다. 가끔 길을 지나는 사람의 기척이 느껴지면, 눈보라에 묻혀 사라진 망령 중 하나가 아닐까 하고 생각할 정도다. 굵은 눈이 쏟아지는 밤, 개 짖는 소리는 가뜩이나 깊은 고독감에 박차를 가한다.

그런 땅에서 살아남는 것은, 자연 도태를 거듭하며 오늘을 맞이한 현지 주민들처럼 대담한 신경과 강건한 육체를 가진 자들뿐이다. 인구 대비 자살률은 매우 높고 혹한기 병사자의 비율도 높아 냉정한 도태는 아직도 계속되고 있다.

뛰어나게 대담하지도 못하고, 세상의 상식으로부터 벗어나지 못해 수치스러움에 옥죄여 있는 사람들이 목숨을 존속시킬 수 있는 열쇠는 자신의 모든 것을 걸 만한 일이나 취미다. 하지만 그 열쇠를 가진 이라도 겨울에 발이 걸려 넘어지지 않으리라는 보장은 없다. 우연한 계기로 고독의 마왕에 허를 찔려 살 가치가 없다는 답을 선뜻 내놓는 사람이 끊이지 않는다. 병, 실연, 실직, 불합격 통지서, 배신, 이별, 사별, 날벼락 같은 빚과 같은 명백한 이유는 물론, 별 이유 같지 않은 이유로 인해 순식간에 우울해져 어느 날 느닷없이 삶의 모든 것을 팽개치는 사람도 있다. 그런 비극적인 소식을 들을 때마다 나도 모르게 '아, 또 한 목숨이 겨울에 죽음을 당하고 만 건가.'라고 중얼거린다. 기다리고 기다리던 봄이 찾아왔는데도 전혀 싹을 틔우지 않는 식물을 발견할 때 역시, 겨울에게 살해당한 것이라는, 즉 초목에게도 자살이 있을 수 있다는 비약이 심한 생각에 빠져들 수밖에 없다.

시골에서의 고독과 도시의 고독을 비교할 때, 도시에서의 고독은 어딘가 어리광을 부리는 것 같다는 느낌이 드는 건 편견일까. 고독에서 빠져나갈 구멍이 전혀 없는 냉엄함을 시골에서 뼈저리게 느끼는 건 과연 나뿐일까. 어쨌든 소설가로서는 거의 이상에 가까운 환경에 몸을 담고 있다. 왜냐하면, 창작하는 자에게 무엇보다 소중한 기초 조건은 깊은 고독이기 때문이다.

정면충돌은 삶의 증거

내적인 고독만으로는 아무래도 유치함이 벗겨지지 않는다. 그런 작품이 보여 주는 것은 '태어나서 미안해' 식이다. 자립하지 못한 것을 경쟁이라도 하는 듯한 꼴사나운 비틀림에 지나지 않는다. 제대로 된 어른의 감상에 대응할 수 있는 작품을 낳기 위해서는 외적인 고독, 이를테면 절대로 항거할 수 없는 엄동 같은 계절과 공간에 심신을 노출하지 않으면 안 된다. 나그네라는 편한 입장이 아니라 그 땅에 발을 디딘 주민처럼 말이다.

문학 팬이라는 사람들이 도대체 문학에 무엇을 기대하고 있는지 모르겠다. 만약 결코 존재할 수 없을 만큼 아름답고 황홀한 꿈이나 연애, 그것의 그림 같은 해피엔딩이 원하는 것이라면, 그런 꽃들은 어차피 조화일 뿐 진정으로 감동을 주는 살아 있는 꽃은 절대 아니다. 예를 들자면 사(私)소설이라는 생생한 형식으로 쓰인 작품도 하우스에서 재배된 꽃 정도의 아름다움밖에 띨 수 없을 것이다. 마음뿐 아니라 영혼까지도 떨게 하는 진짜 아름다움을 빚어내는 것은 여러 번의 겨울을, 어디까지나 자신의 힘에 기대어 헤쳐 나온 꽃에 한정될 것이다.

현실도피를 위한 아름다움, 나르시시즘을 건드려 주는 아름다움. 목숨을 가진 존재로서 당연히 해야 할 투쟁을 포기한, 이런 반(反)자립적인 타락한 아름다움이 범람한다. 어느덧 이것을 예술이라 착각하고, 이런 것만 좋아하며, 이런 것을 본질을 감추는 위장 도구로 이용하는 이가 급격히 늘고 있다. 그러면서 본래 삶의 모습은 크게 왜곡되고, 그 덧없고 환영에 불과한 아름다움의 척도가 상식으로 고정돼, 역동적인 생명의 본래 모습은 어디론가 날아가 버렸다.

그러나 이런 풍조와는 전혀 관계없이 가혹한 현실은 여전히 만인의 주변을 겹겹이 에워싸고 있다. 어떤 허구를 들이대도 그것에서 벗어날 길이 없다. 일시적인 속임수 따위로 어떻게 할 수 있는 가벼운 것이 아니다.

달아나고 달아나 피해 보려 해도 외상값은 언젠가 반드시 갚아야 할 때가 온다. 그때에는 더는 싸울 마음을 한 방울도 짜낼 수 없을 정도로 비참한 처지에 이른다. 그런 자신의 모습을 파멸의 미 또는 유종의 미라고 해석하는 것은 자기 마음이지만, 객관적으로 바라볼 때 인간적인 말로와는 아주 멀다. 수꽃(열매를 맺지 못하는 꽃 – 옮긴이)조차도 되지 못하고 썩은 봉오리보다도 못한 추악함 그 자체일 뿐이다.

동식물에게 끊임없는 시련과 정면충돌은 필수 조건이며, 그것이야말로 삶의 증거일 수밖에 없다. 시련과 정면충돌을 빼고 진정한 행복감에 직결되는 생명의 빛은 절대 있을 수 없다. 하물며 인간임에랴…….

서재에서 매우 밀도 높은 충실한 세 시간을 보낸 후, 제설 작업을 하러 문밖으로 나온다. 정원 일을 할 때와는 다른 근육을 쓰는 단조로운 작업이다. 한바탕 땀을 흘리고, 목욕을 한 후 따뜻한 밥을 먹고, 깊은 잠에 빠져들기 직전, 나에게는 이 삶밖에 없다고 그렇게 재확인한다.

3월

한 마리 새도 이 세상을 살아가는 동안 별별 일을 다 겪는다

겨울에 모이는 새들의 종류와 수를 조금이라도 늘려 보자는 생각에 새 모이 넣는 단을 꾸미기로 했다. 그런데 곧 어디에 설치하면 좋을까라는 문제에 부닥쳤고, 그 답을 찾는 게 꽤 어려워 며칠이고 고민을 해야 했다.

그동안은 가볍게 생각하고 있었기 때문에 집에서 애완으로 키우고 있는 세 종류의 잉꼬, 즉 멕시코 칠색잉꼬와 관앵무과에 속하는 유황앵무 그리고 두 마리의 장미앵무가 먹다 남긴 모이를 바닥에 뿌려 주는 정도였다. 그런데 눈이 내리면 금세 모이가 새들의 눈에 띄지 않게 되어 버리고, 눈이 녹았을 땐 잔뜩 물기를 머금은 채 달라붙어 새들의 식욕을 자극할 만한 가치를 완전히 상실해 버린다. 그대로 봄을 맞이하면, 번식력이 왕성한 해바라기 같은 것들이 싹을 틔워 정원 꼴이 엉망이 되곤 했다.

꿩 모자

들새에게 모이를 주게 된 건, 생울타리 속에 고요히 몸을 숨기고 있는 꿩을 발견하면서였다. 그때는 꿩이 잠깐 헤매고 있는 걸로 단순하게 생각했다. 곧 날아가 다시는 돌아오지 않으리라며 흘려버렸다. 그렇기도 한 것이, 그렇게 큰 새가 고작 350평 비좁은 전원 지대에 매력을 느끼는 일이란 절대 있을 수 없다고 생각했기 때문이다.

그런데 밤새 쌓인 눈 위에 꿩 발자국이 선명히 남아 있는 게 아닌가. 다음 날도 그 다음 날도 새로운 발자국을 발견하게 됐다. 게다가 행동 범위가 점점 넓어졌다. 처음에는 몸을 숨길 수 있는 생울타리가 중심이었다면, 열흘 후에는 집 앞 발코니 밑, 그리고 한 달이 지났을 때는 정원 한가운데에서도 뚜렷한 발자국을 확인할 수 있었다.

그러던 어느 날, 마침내 꿩이 모습을 드러냈다. 외출했다가 돌아와 차고에 자동차를 넣다 사이드미러에 무언가 움직이는 덩어리가 슬쩍 비쳐 그쪽을 보니 암꿩 한 마리가 있었다. 수풀과 거의 구별되지 않는 수수한 색의 깃털에 덮인 그 꿩은 내가 도대체 어떤 인간인지를 탐색하는 듯한 시선을 던지고 있었다. 산길에서 만나면 "아, 꿩이 있구나."로 끝나겠지만, 우리 집 안이라는 너무나 친근한 장소에서 꿩을 목격하자 감동과 흥분이 뒤따랐고, 깊게 교류해 보고 싶다는 마음이 진심으로 일었다.

야생동물에게 먹이를 줘 길들이는 일이 떠올라 그날 당장 다시 시내에 나가 닭 사료를 잔뜩 사 왔다. 꿩 발자국이 가장 많이 남아 있는 생울타리를 따라 뿌렸다. 바로 먹어치우는 경솔한 짓은 하지 않으리라는 건 알고 있었지만, 조심스레 근처를 어슬렁거리다 쪼아 먹은 흔적조차 전혀 확인되지 않았다. 사료를 먹지 않더라도 겨울철의 피난소로 우리 정원을 이용해 주면 그것으로 족하지 않느냐며 아내와 이야기를 나눈 어느 날, 꿩이 사료를 부지런히 먹고 있는 현장을 포착할 수 있었다.

그러더니 이후로는 빈번하게 출현했다. 사람의 기척이 있건 말건 상관없이 뻔뻔스러워진 모양새로 당당하게 모습을 드러냈다. 하지만 너무 가까이 다가가거나, 말을 걸거나, 오랫동안 응시하면 금세 경계심을 느끼고는 재빨리 달아나 버렸다. 그래서 꿩과 우리 인간의 거리가 그 이상 줄어들리라고는 도저히 생각하지 못했다. 예를 들어, 지인처럼 곤줄박이나 진박새가 사람 손에 앉아 모이를 쪼는 정도의 관계로까지 발전시키는 것은 불가능해 보였다.

역시나 꿩은 절도 있는 접근 방식을 결코 변경하는 일 없이 야생생물로서의 자부심을 아슬아슬하지만 완강하게 지켰다. 나도 그 자세가 좋다고 여겨 근처에 있어 주는 것만으로 만족해야 한다고 스스로에게 이야기했다. 가깝지도 멀지도 않은, 양측에게 바람직한 유대 관계를 유지하기로 하고 이를 지속시켰다.

봄이 되자 꿩은 어딘가로 날아가 버렸다. 인근 야산으로 보금자리를 옮겼겠거니 하고 두 번 다시 나타나는 일은 없겠지라고 생각하고 다음 겨울을 맞이했다. 그런데 글쎄, 그 꿩이 다시 찾아온 게 아닌가. 같은 꿩이란 걸 알아챈 것은 우리를 대하는 접근법에 변함이 없었기 때문이다. 만약 우리와 처음 대면하는 꿩이었다면 불쑥 인간 앞에 모습을 드러내는 대담한 태도는 취하지 않았을 게 틀림없다.

그 겨울 나는 다시 꿩에게 모이를 주며 봄까지 서로의 존재를 확인하는 정도의 관계만 맺었다. 그리고 다음 겨울, 발자국 수가 늘어난 것과 발자국 크기가 고르지 않다는 데서 새끼를 데려온 사실을 알게 됐다. 마침내 어미 뒤를 쫄랑쫄랑 따르는 어린 새를 발견하기에 이르렀다. 우리 마당을 멋대로 제 영역으로 삼고 있는 건달 같은 고양이들에게 습격당하지 않아야 할 텐데 하는 걱정도 들었다. 다행히 눈 위에서 선혈을 한 번도 보지 못했다. 무사히 봄을 맞이한 꿩 모자는 훈풍에 이끌린 듯 대자연 속으로 모습을 감췄다.

수컷이 문제

어느 해 초봄, 그리 멀지 않은 곳의 잡목림 속에서 "켕켕" 하는 수꿩 울음소리가 들려왔다. 그 집요한 부름이 우리 정원을 월동 장소로 이용하고 있는 암꿩을 향한 어필이라는 것을 알았을 때 아내는 "다음 겨울에는 부부가 오면 좋겠는데."라고 말했다. 그에 대해 난, 혹시 수꿩은 가족으로 행동하며 살아가는 걸 꺼리고 있는지도 모른다는, 다소 나 자신의 열망을 담은 이론을 끼워 넣었다. 가정을 이루지 않고, 당연히 양육도 없이 떠돌이 같은 방자한 독신 생활로 일생을 보내는 수컷 곰을 예로 들어 보이면서 말이다. 새끼를 데리고 있는 엄마 곰이 가장 두려워하는 것은 사실 수컷 곰과의 만남이다.

하지만 그런 억지스러운 내 가설은 이듬해 겨울 간단히 뒤집혀 버렸다. 언제나처럼 엄마와 새끼만 온 줄 알았는데, 그 무리 안에서 산뜻한 빨강이 언뜻 보이는 게 아닌가. 그 빨강은 수컷을 상징하는 색이 틀림없었다. 그 빨강은 빛나는 초록 날개와 멋진 꽁지깃과 어우러져 살풍경한 겨울 정원을 곱게 수놓았다.

수꿩의 움직임은 암컷과 새끼 꿩에 비해 매우 대담했다. 숨을 장소가 거의 없는 정원 한가운데를 당당히 활보하고, 때로는 사방 몇 킬로미터까지 닿을 정도로 큰 소리를 내며 자신의 존재를

과시하는 것이었다.

내 눈에는 이 꿩 일가의 생활이 별로 행복해 보이지 않았다. 왠지 난폭하고 제멋대로이며 자기 현시욕으로 똘똘 뭉친 듯한 수컷의 행동거지와, 작은 행복 이상의 무언가를 결코 추구하지 않는 듯한 모자의 조신함 사이에서 차이를 느꼈기 때문일 것이다.

수컷 때문인지는 분명치 않지만, 이듬해 겨울에 수컷이 보이지 않더니, 이어 새끼가, 나중에는 암컷까지 오지 않게 되었다. 굳이 공상에 가까운 여러 가지 억측을 하자면, 꿩의 가정은 붕괴된 것이고, 그렇게 된 것은 지배적인 수컷의 등장 때문임이 분명하다. 만약 그 녀석과 다시 만나 얽이는 일 따위가 없었다면 어머니와 자식의 평화는 계속 이어지지 않았을까. 그런 인간계에 흔한, 복잡한 일들을 상상했다.

물론 그 암컷이 매년 데려온 것은 새로운 수컷과의 사이에서 태어난 것이리라. 그 새끼들이 어른 새가 되면 부모 곁을 떠나는 게 자연의 섭리다. 하지만 꿩 모자의 발길이 뚝 끊겨 생긴 외로움을 조금이라도 달래는 데는 그 수컷에게 모든 책임을 떠넘기는 것이 가장 손쉬운 방법이었다.

만만한 생은 없다

동물의 수컷은 크게 두 부류로 나눌 수 있다. 가족의 삶을 방해하는 수컷과 가족을 제대로 지키려는 수컷. 인간의 수컷 역시이 두 가지로 분류된다. 하지만 사람의 암컷은 자칫하면 양자를구분하기를 게을리 하기 쉽다. 연애, 결혼, 행복한 가정이란 도식을 한 번 가슴에 그려 버리면, 교제하는 수컷의 본성을 헤아리려 하지 않고 무작정 자신의 세계로 끌어들이는 것이다. 이런착각 속에서 여러 해를 보낸 뒤에야 쓰라림을 맛보게 된다.

가정에 잘 스며드는 남자를 고르기란 지극히 어려운 일이다.설령 그런 남자가 있더라도 여자 쪽에서 볼 때는 거의 이성으로서 매력이 느껴지지 않는 경우가 많다. 그래서 만나도 무시하게되고, 결국 스쳐 가는 관계로 끝나 버린다. 또 가정에 제대로 머무는 남자라도 아내를 어머니 대신으로 여기는 이들이 늘고 있어, 그런 남자에게 모성애를 자극받아 잘못된 판단을 내렸다가는 임신도 하기 전부터 성가신 아이를 가져 버린 꼴이 돼 아연실색하는 여자들도 드물지 않다.

꿩의 발자국조차 발견하지 못한 겨울이 몇 번 이어졌다. 다시는 나타나지 않으리라 포기했을 무렵, 암꿩을 생울타리에서 발견했다. 새끼는 보이지 않았다. 홀로 살고 있는 것 같았는데, 이

전에 찾아왔던 꿩이라는 것은 조심스러움을 반쯤 잃어버린 태도로 알 수 있었다. 하지만 웬지 깊은 고독에 휩싸인 듯 보였다. 한때의 발랄함은 사라지고, 뒷모습에서는 좌절과도 비슷한 무거움이 느껴졌다. 더욱이 아내가 주는 모이를 쪼는 횟수도 이전만큼은 아니었다. 굶어 죽지 않을 정도로만 먹는 듯했다. 그리고 봄이 오기 전, 아직 눈이 많이 남아 있는 시기에 행방을 감추어 버렸다.

"새라고 해도, 이 세상을 살아가는 한 별별 일을 다 겪겠지."
라고 중얼거리며 나는 이 겨울에도 꿩의 방문을 기대하며 생울타리 근처에서 눈을 떼지 못하고 있다.

성장하고 싶다면 가지를 쳐내라

겨울이라는 계절은 아무리 해도 너무 길다. 더는 버틸 수 없을 것 같은 답답한 기분에 빠져들고, 어쩌면 봄이 영원히 오지 않는 게 아닌가라고 생각하기 시작할 무렵, 그때까지 완강히 멈춰 있던 북풍에 갑자기 주름이 생겨나고 그 주름이 순식간에 확대일로를 걸으며 봄의 첫 바람으로 모습을 바꾼다. 그것은 잔설 속에 머물러 있던 나의 정신을 한 번에 고쳐먹게 만든다.

그토록 소설가적이었던 나는 남쪽의 부드러운 바람을 따라 어딘가로 날아가 버린다. 그러면 금세 정원사적인 내가 되어 오랫동안 쳐다보지도 않던 초목 하나하나에 다시 시선을 던지고, 생각하기보다 몸 놀리는 작업을 우선시하는 남자로 치닫는다. 제설 작업으로 단련된 근육은 정원 가꾸기의 이것저것을 떠올리며 뜨거워진다.

그렇다고 해도 때마침 전혀 다른 바람이 불어왔다는 것이지 겨울이 완전히 소멸돼 버린 것은 아니다. 아직 듬뿍 남아 있는 눈이 그 증거다. 특히 응달의 눈은 얼어붙어 곡괭이도 감당하지 못할 정도로 딱딱하다. 또 북알프스 너머로 해가 떨어지면 기온이 급격히 떨어지면서 한겨울 분위기로 되돌아가는 바람에 전기담요를 덮는 잠자리가 지상의 천국으로 여겨진다. 봄바람은 마치 꿈인 양 되어 버리고, 밤중에 내리기 시작한 진눈깨비 소리가 그 꿈을 추격하며 몰아친다. 하지만 일단 인내에서 해방으로 향해 버린 마음의 움직임을 제지할 수는 없다.

겨울 동안 꽤 분발했던 마음가짐은 단 하룻밤 사이에 사라져 버리고, 원하는 대로 이뤄지리라는 봄의 정신이 머리를 쳐든다. 관념에 치우쳐 살아온 약 반년이 참으로 어리석게 생각된다. 머릿속은 만개의 한순간으로 가득하고 올해 정원의 만듦새를 점치는 데 영혼을 통째로 빼앗기게 된다. 그러면 소설은 둘째 문제가 되고 정원이 최우선 과제가 돼 작업의 순서만을 생각한다. 과장이 아니다. 정원을 위해 살고 있는 나 자신을 분명히 느끼면서 인생의 뜻과 의의는 이것 외에는 있을 수 없다고 단정해 버린다.

소설과 정원

인생을 심심풀이의 연속으로 보고 될 대로 돼라고 내팽개치는 자세를 흔히 비건설적이라고 하지만, 나는 그런 태도 변화를 긍정하고 환영한다. 생각해 보면 철들었을 때부터 그런 인생관이 생겨났던 것 같다. 사회 일원으로 단단히 자리 잡고 살아가는 삶의 방식에 의문을 품었다. 판에 박힌 흐름에 일생을 흘려보내는 대부분 사람에게 차가운 시선을 보내고, 때로는 짜증을 느낄 때마저 있었다.

부모의 인생도 아니고 국가의 인생도 아니고 나 자신의 인생이니 마음대로 살아 주겠어라는 것이 인간의 당연한 권리라는 생각이 강했다. 안정되고 무난한 인생을 얻는 대가로 무엇을 잃을지 생각해 보면 죽은 거나 다름없다고 생각했다. 그래서 육십 수년을 거의 내 멋대로 살아왔다. 이렇게 말하면 오직 마시고, 때려 부수고, 사들이는 방탕 삼매경의 인생을 연상하게 마련이지만, 내가 보내고 싶은 삶은 본능에 휩쓸려 결국엔 파멸로 끝나 버리는 것이 아니었다.

미지의 것을 발견하고, 누구도 만들어 내지 못한 것을 만드는데 생애를 바치고 싶다는 목표만을 염두에 두었다. 그 때문이라면 다소의 희생을 치를 각오도 있었다. 설마 그것이 소설 쓰기며, 정원 가꾸기일 줄은 당시에는 생각지도 못했지만 말이다. 그래서 젊은 나이에 소설가가 되었을 때도 운명의 장난 정도로 밖에 받아들이지 않았다. 찾던 것이 이것이었다고 실감하게 된 것은 소설가가 된 지 20년이 지나서였다. 정원 가꾸기도 당초에 는 다른 할 일을 찾지 못해 시작한, 매우 적극성 없는 소일거리 에 지나지 않았다. 그런데 한도를 넘어 나의 인생을 소설과 정 원 가꾸기로 양분할 정도로까지 가치가 높아진 것이다.

언제부터인가 소설 쓰기와 정원 일은 내 안에서 나누기 힘든 양대 요소가 되었고, 둘 다 내 인생의 위대한 소일거리로서 지 위를 차지했다. 정신과 육체의 균형을 교묘히 유지하기 위한 최 선의 것으로 여겨져 이외의 즐거움을 찾는 것이 불가능할 정도 가 됐다. 실제로 요즘 들어서는 세상이 그렇게 쓰레기 같은 곳 은 아니라고 생각하게 되었다. 인간의 최후는 어차피 비참한 것 으로 정해져 있겠지만, 소설과 정원을 만난 것으로 그 비참함을 상쇄할 수 있을지도 모른다는 것이 솔직한 지금의 심경이다.

가지를 쳐내야
성장할 수 있다

최초의 정원 일은 유키가코이를 떼어 내는 것부터 시작된다. 그러나 타이밍이 어렵다. 너무 빠르면 뒤늦게 내린 눈 때문에 겨울의 고생이 수포로 돌아간다. 떼어 낸 유키가코이를 다시 싸맬 때의 공허함이란. 그렇다고 너무 늦어 버리면 이번엔 싹을 틔우는 데 방해가 된다.

하지만 우리 정원의 경우는 생울타리 가지치기도 염두에 두어야 해서 태평하게 있을 수만은 없다. 즉 생울타리의 아주 가까운 곳까지 다양한 관목을 심어 놓았기 때문에, 그 좁은 장소에서 접사다리를 세우고 가지치기 작업을 하려면 유키가코이를 풀지 않고 두는 편이 수월하다.

그래서 일단은 생울타리에서 조금 벗어나 있는 나무의 유키가코이부터 벗기고, 생울타리의 가지치기를 시작한다. 가지치기가 끝난 후 나머지 유키가코이를 떼어 낸다. 침엽수 생울타리를 가지치기할 최적의 시기는 원래라면 한여름이다. 봄은 새싹을 틔울 때니까, 갑자기 가지치기를 하는 것은 좋지 않다. 그렇다고 해서 혹독한 겨울을 앞둔 가을에 빡빡머리처럼 밀어 버리는 것도 곤란하다.

그런데 우리 정원에서는 생울타리와 다른 관목들 사이가 비좁아 한여름에 가지치기하는 것이 불가능하다. 부득이 초봄에 가지치기를 해야 한다. 좋은 측면이 전혀 없는 건 아니다. 내린 눈 때문에 꺾이거나 시든 가지를 쳐내면서 가지치기를 할 수 있다는 이점이 있다. 싫은 점은 초봄에 무시무시한 강풍이 몰아친다는 것이다. 우리 집 부지는 3000미터 정도의 높은 봉우리들에 둘러싸여 있다. 그 봉우리들이 울타리 역할을 해 줘 아무리 강렬한 태풍의 직격탄을 맞아도 별로 큰 피해를 입은 적이 없다. 기세등등하게 내달려 온 태풍이라도 산등성이에 이르면 거짓말처럼 스윽 하고 고요해진다. 이곳에는 아무 상처도 남기지 않고 그대로 지나쳐 간다. 그래서 40년간 태풍에 정원이 망가진 적은 한 번도 없다.

그러나 봄의 폭풍만큼은 당해 낼 재간이 없다. 어쩌면 태풍보다 더 셀지 모른다. 게다가 집요하기까지 하다. 태풍이라면 한 시기 머물다 가지만, 이곳의 강풍은 봄 동안 거의 매일 몰아친다. 모처럼 선보인 새잎이 갈기갈기 찢기고, 어린 가지와 개화 직전의 꽃봉오리들이 거칠게 뜯겨 나가는 일도 흔하다. 모종부터 키운 커다랗고 화려한 벚꽃나무도 뿌리째 뽑혀 쓰러졌다.

가장 곤란한 일은 이런 강풍 속에서 2미터가 넘는 접사다리 꼭대기에 서서 무겁고 긴 가지치기용 전동 가위를 다뤄야 하는 것이다. 위험한 작업이고 너무 힘들어서 가장 하기 싫은 일이 되었다. 가장 위험한 단계는 관개용 도랑을 둘러싼 생울타리를 정리할 때다. 도랑이라고는 하지만 눈 녹은 물이 늘 흐르고 있고 더욱이 생울타리가 U자형 홈에 걸쳐지기 때문에 자칫 잘못해 그 홈에 떨어지면 부상은 면할 수 없고, 감전될 위험까지 있다. 판자로 도랑 뚜껑을 만들어 덮고 그 위에 접사다리를 세워 조금씩 움직이는 방법으로 어떻게든 헤쳐 가고 있지만, 나이 때문에 근력이 쇠약해져 순간적인 버틸 힘이 없어졌을 때를 상상하면 우울해진다. 하지만 뭐, 그때는 그때다. 접사다리를 쓰지 않아도 될 방법을 고안하고, 현재 시판 중인 전동 바리캉보다 더 가볍고 다루기 쉬운 제품이 나오기를 기다리기로 하자.

깊고 무한에 가까운
감동을 바랄 뿐

장미나 철쭉은 유키가코이의 끈이 탕 하고 절단되는 순간 해방의 한숨을 뱉어 내는 듯하다. 본래 있어야만 하는 형태로 돌아갈 때의 움직임에서는 숨길 수 없는 기쁨이 느껴지고, 나 역시 그것이 못 견디게 좋아 일몰까지 손을 쉴 수가 없다.

또 생울타리 손질은 위험한 중노동인 만큼 성취감도 강하다. 며칠 걸려 다 끝낸 날 새벽에는 장편소설을 완성했을 때와는 질이 다른 만족감에 잠길 수 있다. 아마 정원 가꾸기가 고질병이 되어 그것에 깊이 빠져드는 이유가 그 언저리에 있을 것이다.

이런 나를 누가 보면 이 아저씨는 도대체 무엇이 재미있어 중노동 따위에 몰두하는 걸까 의아해 할 것이 틀림없다. 취미란 게 대체로 그런 것 아닌가. 관심 없는 사람들에게는 어리석은 행동으로밖에 보이지 않는 것이 보통이다. 내가 구해 마지않는 것은 술과 여자, 도박 같은 일회성 고양감을 주는 것들이 아니다. 분수를 넘는 높은 수입도 아니고, 크고 작은 권위에 굴복해 얻은 크고 작은 명예 따위도 아니다.

나는 500년 이상이어야 가능하다고 생각될 정도로 깊고 무한에 가까운, 평생을 바쳐도 모자랄 정도의 감동을 끊임없이 원하는 것일 뿐이다. 그것을 위한 창작 행위이며, 그것을 위한 인생이고 싶은 것이다.

겨울이 주는 피해가 상상했던 것보다 적은 것에 안도하면서 각 식물에 맞는 가지치기를 정성스럽게 마치고, 가을 끝 무렵 생겨난 잡초도 열심히 뽑아낸다. 거름을 주고, 첫 번째 농약도 뿌린다. 창끝 같은 옥잠화 싹이 새침하게 땅을 뚫고 나오고, 갈란투스나 아네모네 등이 활짝 피고 새 지저귐도 늘어 가는 사이, 경운기 엔진 소리가 퍼지는 계절이 된다. 따뜻한 비가 내릴 때마다 나는 점점 생기로 충만해지고, 정원에 대한 기대로 가득 찬다. 뜰에 나갈 때마다 더할 나위 없는 멋진 소일거리와 만난 운명을 찬양하지 않을 수 없게 돼 "이것이 인생이란 것이다."라고 두 번, 세 번 중얼거리게 된다.

5월

봄의 들놀이가 수만 권을 읽는 것보다 낫다

우리 집 뜰을 수놓았던 철쭉이라면 고작 주황철쭉 정도였다. 묘목으로 구입한 것이 10년 사이에 큰 나무로 자라 사방으로 가지를 뻗어 갔다. 짙은 오렌지색 꽃이 가득 피었을 때는 야생종이 뿜어내는 아름다움이 얼마나 진짜인지를 통감하게 만들었다. 자연스럽고 소박한 매력이 배어 나오면서도 현란했다. 그러면서도 주위의 식물과 완전히 어우러져, 결코 인기 스타처럼 겉돌지 않는 게 아닌가.

아름다움도 제자리가 있다

하지만 보통 공원이나 길거리 등에서 볼 수 있는 왕철쭉은 튼

튼하고 키우기 편한 측면은 있지만, 아무래도 꽃 색이 자연스럽지 못하고 어딘가 가짜 꽃 냄새를 풍겨 나로서는 오랫동안 피해 온 것들이다. 하지만 어느 해, 흰 꽃이면 상관없으리라는 생각이 들어 어느 정도 나무 모양이 갖춰진 왕철쭉을 다섯 그루 심어 봤다.

이 꽃에 관심을 갖게 된 계기는 봄에 우연히 텔레비전에서 본 미국 오거스타골프장 대회였다. 골프장 한구석에 이 철쭉이 빽빽이 피어 있었는데, 가히 충격적이었다. 진저리 나게 싫어하던 품종이었는데, 겉돈다거나 그렇지 않다거나 수수하다거나 화려하다거나 하는 등의 평가를 한층 초월한 압도적인 미를 빚어내고 있었다. 그렇게 보인 이유는 오로지 보이는 방법에 있었다. 나뭇잎 사이로 쏟아지는 햇살 아래 피어 있는 순백 철쭉의 존재감이란 것은 소름이 돋을 정도였다. 심플하면서도 대담했다. 그 획기적인 모습에 그저 항복할 수밖에 없었다.

골프장에는 철쭉 외에 미국산딸나무 같은 흔한 나무들도 심어져 있었는데 그 나무들도 철쭉 덕에 굉장한 아름다움에 싸여 있는 것처럼 보였다.

마음 어딘가에서 골프를 멸시하고 있던 나였지만, 그 대회가 가까워 올 때마다 마음이 들썩이고, 위성 중계 영상을 볼 땐 카메라 앵글에 대해 욕을 퍼부었다. 경기의 진행 따위는 아무래도 좋으니까 철쭉을 더 차분히 보여 줘라고 제멋대로 꽥꽥거리면서 말이다. 언뜻언뜻 코스를 둘러싼 녹색과 흰색의 배경이 화면에 비칠 때마다 감탄의 한숨을 내쉬었다. 우리 정원에서 시험해 보고 싶다는 생각이 점점 강렬해지는 것도 당연했다.

하지만 결국 실패로 끝나 버렸다. 숲이 연상될 정도로 나무가 많아야 성립되는 아름다움임을 뒤늦게 깨달았다. 큰 나무라고는 도저히 말할 수 없는 활엽수 열 몇 그루일 뿐인 좁은 정원에서 그 흰색은 조금도 돋보이지 않고, 도리어 값싸 보이고 경박함마저 느껴져 진절머리가 났다. 결국 3년 후 철쭉은 지인의 정원 한구석을 장식하게 됐다.

안타까운 것은 또 있었다. 어느 해 오거스타골프장 풍경이 확 바뀐 것이다. 흰색 철쭉이 모조리 사라지고 그 대신 지나치게 짙은 형형색색의 아잘레아(서양 철쭉)로 바뀌어 있었다. 대관절 무엇에 눈이 뒤집혀 저런 짓을 한 건가라며 너무 실망해 한동안 욕조차 잊었다. 만약 아나운서가 그 사연을 얘기하지 않았다면, 나는 미국 정원사의 어리석음을 죽을 때까지 들먹였을 것이다.

이유는 이랬다. 엄청난 규모의 폭풍우에 흰색 철쭉이 전멸해 버려, 골프장 주변에 있던 철쭉을 급히 모아 공간을 채웠다는 것이다. 이런 날림 조치로 고비를 넘겨 보려 했지만, 결과는 최악이었다.

기품이라고까지 할 만했던 골프장의 품위는 어디론가 날아가 버리고, 삼류 골프장이라도 이렇게까지 되지는 않았겠지 싶을 정도로 추락해 버려 곧 전통의 무게조차 잃어버렸다. 더 안타까운 것은 그 모습을 임시방편의 고육책으로 삼는 게 아니라 아무래도 이듬해 대회로까지 밀어붙이려는 것 같아서였다. 몇 년이 지나 나무가 자라면서 맨 처음의 위화감은 느끼지 않게 됐지만, 그래도 과거의 아름다움을 선명하게 기억하고 있던 나로서는 중계를 기대하지 않게 된 것은 당연한 일이었다.

첫 꽃의 힘

다음에 내 눈이 멈춘 것은 연꽃철쭉 이외의 야생종 철쭉이었다. 삼엽철쭉과 오엽철쭉 등을 배치하면 나무 크기에 관계없이 정원에 잘 융화되고, 나아가 자칫 자기 현시욕을 뿜어내기 쉬운 장미를 억제해 주지 않겠느냐는 기대감이 높아져, 당장 실행에 옮겼다. 연보라색 삼엽철쭉보다 흰 꽃 쪽이 더 잘 어울릴 것 같아 이참에 여러 가지 변종도 챙겼다. 오엽철쭉은 물론 흰색 야시오철쭉, 빨강 야시오철쭉, 보라색 야시오철쭉도 함께 심어 봤다.

정답이었다. 어느 정도 해발이 높은 땅에서밖에 자라지 않는 그 철쭉들을 배치하자 우리 정원의 개성은 더욱 뚜렷해지고 품격도 높아졌다. 몇 년 지나면 완성도 높은 정통 잉글리시 가든과도 우열을 가릴 수 있겠다는 생각이 들고, 십수 년 후에는 이를 넘어서는 것 아니냐는 상상에까지 이르렀다.

내가 목표로 삼은 정원은 참신하면서 기이함을 뽐내는 곳이 아니다. 야생종과 원예종이 조화를 이루어 지금까지 어느 정원에도 없었던, 불과 1~2주라는 짧은 기간이라도 아름다움과 편안함, 설렘을 만끽할 수 있는 공간이었다. 그 철쭉들을 배치했을 때 바로 그 입구에 서 있다는 걸 실감했다.

봄 꽃나무 중에서 가장 먼저 피는 빨강 야시오철쭉의 붉은색을 어떻게 표현하면 좋을까. 억제된 품위라고 해도 좋고, 꿈꾸는 듯한 색의 배합이라고 해도 좋다. 늠름한 인상이라 해도 좋다. 아직 겨울 기운이 많이 남아 있는 계절에 이 꽃과 만날 때면, 6월에 찾아올 수많은 개화의 순간을 기대하지 않을 수 없게 된다. 그것은 마치 불꽃놀이 대회의 시작을 알리는 첫 속사포 불꽃 같은 양상을 띠어 한층 기분을 북돋운다.

이제 다른 식물들도 일제히 움직이기 시작한다. 잎눈과 꽃망울을 순식간에 부풀리며 다양한 색채로 물들어 간다. 반년 동안 가사 상태이던 실로 살풍경한 마당이 극적인 변화를 보이기 시작한다. 정원 가꾸기에 몰두하는 이유가 바로 여기에 있다. 기적이라 할 정도의 드라마를 연출하는 장본인이 누구도 아닌 나 자신이라는 의식은 어떤 감동으로도 대신하기 어렵다.

　매일 아침 일어날 때마다 나날이 깊어지는 정원의 생명의 힘에 압도당한다. 지난해 정원과는 비교할 수 없을 만큼 좋다는 것이 하루하루 선명히 드러나는 단계가 되면, 황홀감에 유혹당해 지적 혼란은 완전히 가라앉고, 살아가기 위한 살림의 냄새 등등에 해체되어 늘어져 있던 영혼도 원래대로 돌아간다. 아니, 이제 그런 건 어찌 돼도 좋다는 생각이 들며, 초목에 은혜까지 느끼게 된다.

우선은 봄에 젖어들지어다

노동에는 불쾌한 노동과 유쾌한 노동이 있다. 정원 가꾸기는 틀림없이 후자를 대표하는 것이라고 생각하지 않을 수 없게 되고, 그렇게 중얼거릴 때마다 가슴 속에서 박수가 그칠 줄 모른다. 그리고 초목의 힘찬 발걸음을 눈으로 확인한 나는 형이상학적 존재에 무릎 꿇어 절하고 싶은 미련을 깨끗이 털어 낸 후, "천국은 여기에 있다."라거나 "신이란 목숨 그 자체다." 등의 까닭 모

를 말을 지껄이면서 350평 정원을 세계의 전부라고 정해 버린
다.

그러나 그런 멋진 변화는 주변 산과 숲에서도 동시에 일어난
다. 숨 막힐 듯한 신록이 높은 봉우리를 향해 올라가는 모습은,
가난하기 그지없어 늘 좇겨 위험에 처해 있는 소설가를 격려하
고 다독여 정신을 고양시킨다. 식물이 품고 있는 재생, 부활 또
는 발전의 능력은, 동물로서의 인간인 나에게도 갖춰져 있음에
틀림없고, 어쩌면 이성 같은 것에 그 힘이 짓눌려 있을지도 모
른다고 생각해 보기도 한다.

어쨌든 이른 봄기운이 나에게 미치는 영향의 강도는 헤아리
기 어렵다. 그것 없이는 오래전에 인생을 성급하게 끝내 버리지
않았을까 하고 생각될 정도다. 여름휴가 때 야산이나 바다로 떠
나는 것도 나쁘지 않지만, 특히 도시 사람들에게 나는 봄의 들
놀이를 권하고 싶다. 체력을 무시하고 청춘의 추억을 무작정 탐
하는 식의 무모한 등산 같은 걸 하는 게 아니라, 가볍게 장비를
갖추고 산책보다는 약간 힘든 정도로 집 근처 야산을 몇 시간
충분히 떠돌고 싶다. 그것도 친구들과 소란스럽게 떠들며 즐기
는 것이 아니라, 홀로, 조용히, 결코 여행회사가 권하지 않는 오
솔길을 어디까지나 자신의 페이스로, 정상에 다다르기 위해 분
발하겠다는 목적도 없이, 아무것도 생각하지 않고 걸어 오로지

나 자신을 봄의 자연에 녹아들게 하고 싶다. 그 한나절에서 얻는 것이 인생지침서 수만 권을 독파해서 얻는 것보다 더 크다. 말로 표현할 수 없는 진짜 답을 얻게 된다.

동물로서의 인간은 수십만 년의 역사를 가졌지만, 문명의 발전이라는 실질적인 후퇴로 인해 부자연스럽기 짝이 없는 삶을 피할 수 없게 되었다. 그로 인해 마음은 점점 비극을 짊어지게 되었고 향후 이런 상황은 점차 손을 쓸 수 없는 방향으로 흘러갈 것이다. 나는 말하고 싶다.

"우선은 봄에 젖어들지어다!"

6월

존재하는 것들의 유일한 명제는 오로지 살아남는 것이다

드디어 일 년간의 노력이 결실을 맺어 기다리던 만개의 순간을 맞는 계절이 찾아온다. 수백 그루에 이르는 엄선된 장미들이 꽃 망울을 순식간에 부풀려 갈 때, 정원의 주인인 나는 아무래도 마음이 들뜰 수밖에 없다. 그 결과 소설은 한 계단 낮은 곳에 둔다. 아무리 일이라고는 하지만 서재에 틀어박혀 단어와 격투하는 행위가 얼마나 비정상적인 것인지 통감하면서 집필 자체가 기벽의 한 종류로 느껴지고, 그렇게 솟구치던 창작의 열정이 순식간에 시든다. 그 사이에도 마당은 세상에서 가장 아름다운 공간을 향해 치달아 간다. 세계에서 으뜸가는 정원이나 큰 정원들이 빚어내는 아름다움은 완전히 마음에서 떠나고, 이 350평이 천국이며 극락이라고 마음속으로 중얼거린다. 이것이 결코 과대한 망언이라고 생각하지 않을 정도로 들떠 버리는 것이다.

존재하는 것들의
유일한 명제는 살아남는 것

새벽 어스름에 깨어나 어둠이 급속히 사라져 가는 정원을 살금 살금 배회하면서 하룻밤 동안 얼마나 꽃이 많이 피었는지 확인 할 때, 나의 영혼은 어느새 육체를 떠나 어스레한 공중을 활주 하는 듯한 착각에 빠진다. 사위는 쥐 죽은 듯 고요해져 새의 지 저귐도 들리지 않고, 개울 물소리조차 정적의 일부가 된다. 초 록 계곡을 산책하는 것도 같고 한적한 느낌 좋은 시골 마을 한 구석을 거닐고 있는 것도 같은 기분에 젖고, 마음이 무한히 뻗 어 나갈 곳이 존재하는 것 같은, 아주 풍족한 착각에 빠진다.

동쪽 능선에 금빛이 번지는가 싶더니 곧 해가 솟아오른다. 아 침 해의 힘이 무수한 꽃봉오리에 특별한 영향력을 끼치고, 그 풍경을 보는 사이에 마음속엔 절로 사랑이 움튼다. 꽃 하나하나 가 나야말로 아름다움 그 자체라고 어필하며 결국 한순간에 불 과한 행복을 마치 진정한 행복인 양 믿게 하는데, 나도 그것을 있는 그대로 믿어 버린다.

─ 행복 따위는 어차피 환상이고 신기루이며 무지개다. 시라누이
(여름밤 바다 위에서 무수한 불빛이 깜박이는 것처럼 보이는 현

상-옮긴이)이며, 그것 이상도 이하도 아니다. 아무리 큰 소리로 불러도 대답해 주는 것은 아니니까.

―진리 중의 진리는, 모든 생명체는 변모 끝에 결국 죽음에 포섭돼 버린다는 것이니까.

―동물, 식물을 막론하고 세상에 존재하는 것들의 유일한 명제는 그저 살아남는 것뿐이며, 결코 다른 무언가가 아니니까.

꽃들은 조심스러운 어조로 이런 말들을 속삭이고 있는 듯하다. 그것들 사이에서 의견의 차이는 일절 찾을 수 없다. 청개구리들이 인간과 똑같은 몸짓으로 눈을 비비며 곧 날아들 벌레를 포식하기 위해 자세를 가다듬는다. 어느덧 벌레들의 날갯소리에 파묻힐 시기다.

비스듬했던 빛이 점차 강해져 평면적이던 뜰을 관능적이고 입체적으로 만들어 간다. 곧 종류에 따라 미묘하게 다른 장미 향기가 감돌기 시작한다. 이상하게도 모든 향이 어울려 섞이거나 서로의 향을 상쇄하거나 하지 않고, 자립한 사람들의 모임처럼 각각 별개로 존재해, 그곳을 살금살금 지나는 나를 온갖 기분으로 꾀어 들인다. 감정을 해치는 향기는 없다. 도덕적 타락을 한탄하는 향기도 없고, 인생이라는 뼈대를 보강하라 강요하는 향기도 없으며, 떠난 후 감감무소식인 누군가를 기다리는 향기도, 시간 낭비를 최대한 피하려는 향기도, 괴로움에 몸부림치는 향기도, 특별히 존재를 드러내고 싶어 하는 향기도 없다.

꽃은 만개했을 때도 훌륭하지만, 이렇게 30퍼센트 정도 피었을 때도 대단하다. 설렘의 정도에 있어서는 오히려 만개 때보다 몇 배를 능가한다. 선별된 장미는 하나같이 기품이 넘치고 매혹적이며, 아름다움을 겨루면서도 뿌리 깊은 대립으로 치닫지는 않는다. 올드 로즈와 와일드 로즈, 잉글리시 로즈가 서로에게 호감을 전한다. 싱싱한 생기를 회전시키며 이 세상은 살 만하다고 잘라 말할 수 있는 분위기를 만들고, 정원의 통일감을 어지럽히는 일 없이 인생의 부정적인 부분을 모조리 제거해 간다.

권력과 권위에 극한 증오심을 불태우는 나는 이제 어디에도 없다. 해낼 수 없는 원대한 목표를 내걸고 그래도 해내려는, 한결같은 바보인 나도 찾아보기 어렵다. 소설가이자 정원사, 아나키스트적인 낭만파에 온갖 것을 비관하는 자, 꽃들의 지배자이면서 초목의 노예라고 할 수 있는 나도 어느새 사라져 버린다.

남는 것은 장미들에게서 들은 이야기를 그대로 전하는 자. 내키는 대로 살고 있는 탓에 극심한 가난뱅이로 밀려날지도 모르는 자. 확고한 지반을 구축하는 것을 싫어하고 무뢰배처럼 걸핏하면 싸우려 드는 성격을 가진, 그러면서도 아름다움에 깊이 마음이 흔들리는 단순하고 복잡한 남자다. 소설가에서도 원예가에서도 탈피한 내가 장미 향기가 밴 미풍에 실려 떠돌고 있다.

오해 말길 바란다. 이른바 로즈가든 따위를 연상하지 않길 바란다. 그런 천박하고 피상적이고 요란한 아름다움을 지닌, 오히려 추악하기조차 한 색채로 뒤덮인 뜰과 똑같이 생각하지 말길. 다른 식물과 섞여 자라는 장미의 효과가 얼마나 뛰어난지를, 방종과 억제가 서로 싸우며 생기는 아름다움이 얼마나 특출한지 떠올리기 바란다. 사유재산에 집착하지는 않지만, 이 계절에는 정원을 우리 것으로 하고 싶은 욕망에 심하게 시달린다. 죽기 직전에 바라는 일이 하나 있다면, 직접 가꾼 이 공간과 함께 저세상으로 떠나는 것이리라. 지옥은 물론 거부하지만, 천국행도 단호히 거절한다. 나로서는 이 정원이 세계의 모든 것이고, 나의 전부이기도 하니까.

반짝반짝 빛나는 삶이
두 손을 비비며 다가온다

단비라 생각할 수밖에 없는 비가 며칠간 계속 내리고, 햇볕도 충분히 내리쬐는, 좋기만 한 날씨가 계속돼 하루하루 만개의 순간이 다가온다. 장미들이 일제히 피어나 나의 마음을 크게 뒤흔들 정도의 아뜩한 이야기가 색의 언어와 향의 언어와 형태의 언어로 나를 어루만질 때, 도취와 황홀에 의해 정원과 세간의 일이 명확히 나뉘며, 나의 등에 매달려 있던 허무의 그림자가 깨끗이 사라진다. 정원에 나갈 때마다 심장이 두방망이질 치며 혼자 승리한 심정이 된다. 우주를 지휘하는 실권자라도 된 듯한 착각을 즐기며 하찮은 자신의 목숨만을 벗 삼아 살아가는 다른 이들을 비웃는다. 그렇게 오만한 나의 옆을 거짓 없는 진짜 삶이 스쳐 간다. 와해되기 시작했던 영혼이 다시 조각을 맞추기 시작한다. 자기혐오를 짊어진 마음이 엽록소에 녹아들거나 알찬 양분이 되어 모근에 흡수돼 간다. 반짝반짝 빛나는 삶이 두 손을 비비며 이쪽으로 다가온다.

늙은 나의 뺨은 느슨해지고, 정신은 편하게 휴식을 취한다. 정원은 "장미를 따라 계속!"이라고 기쁜 듯이 외치고 있다. 보랏빛을 띤 북알프스 봉우리는 자연으로부터 빌려 온 풍경의 저력을 충분히 발산하고 있다. 벌들이 배로 늘어나 그 날갯소리가 환호성처럼 들리고, 나의 발소리까지 영웅이자 숭고한 승리자의 발소리로 들린다.

이리하여 나는 무아의 경지에 포섭된다. 내 몸을 가차 없이 드러내는 잔혹한 거울은 모조리 산산조각 나 버린다. 모래시계를 뒤집어 놓은 것처럼 망각만 원하는, 정신 나간 낙천가. 자신의 불운을 한 번도 저주한 적 없는 생각 없는 몽상가. 아니, 화초가 만들어 내는 아름다움을 최고의 것으로 여기는 이단아가 된다.

장미 너머로 보이는 길에 단출하고 흔한 장례 행렬이 조용히 지나간다. 유족 중 노인들은 자신이 죽음으로 발을 내딛게 될 가까운 장래를 생각하고 있을 것이다. 하나의 목숨을 잡아간 병은 다음 희생자를 노리며 그 근처 어딘가에 잠복해 있을 것이다. 행상으로 세상을 떠돌며 사나운 세파와 수십 년간 격투를 벌이면서 살아왔고 노동력으로서의 가치가 사라지기 직전에 인생을 끝낸 남자의 몸은 오래도록 이어져 온 관습에 따라 조용하게 묘지를 향해 실려 가고 있다.

그러나 나의 숨이 닿은 장미들은 눈부신 왕관 같은 6월의 빛을 받아 한층 반짝이며, 성실하게 살다 이제 저승으로 여행을 떠나려는, 처음부터 끝까지 수수한 존재였던 지역 주민을 찬양한다. 꽃을 통째로 먹어 버리려 찾아온 직박구리는 구름 한 점 없는 하늘을 배경으로 날개를 치고, 꿀을 원하는 나비는 꽃에서 꽃으로 옮겨 다니며 여기저기 생명의 씨를 뿌린다. 그것은 길가에서 대열을 이루며 이동하는 가마를 연상시키는 흥겨운 움직임이다. 바깥세상은 어떨지 몰라도, 우리 정원에서는 죽은 이에게서 아무것도 영향을 받지 않는다. 생사 중 하나를 결정해야 하는 고통스런 선택도 없고, 운명에 굴복하고 싶은 기색도 없다.

그리고 나는 정원사의 이름을 반납하고, 내가 심고 직접 기른 식물들에게 다시 복종을 맹세한다. 어디까지나 평화를 유지하려는 꽃들은 늦은 봄의 햇빛에 우아한 생명을 반사시키고, 온갖 사치스런 색깔로 스스로를 염색해 내 아름다운 채로 스러져 가는 생명체가 실재한다는 걸 증명한다. 가슴에 두려움을 품고 사는 인간의 미욱함을 거침없이 지적한다. 그것은 고민하는 중생의 하나에 불과한 내게 주는 포상임에 틀림없다.

천국의 시간은 빠르게 흘러 만개한 장미꽃은 휘어진 가지에 매달린 과일 같은 향기로움을 띤 채 지칠 줄 모르는 미를 계속 발산한다. 불쾌한 인상 등은 하나도 남기지 않고, 이 잔혹한 세상을 향해 오로지 사랑의 말만 바친다. 전원 지대의 한쪽에 꽃을 더하며, 해질녘 생각이 많아지는 시간대가 찾아와도 끊임없이 피어난다. 어둠 속에서 조명을 받아 떠오른 꽃들은 나를 더 취하게 만들고, 음침한 기운이 돌기 쉬운 산골 지방의 밤을 바꿔 버린다.

7월

꽃을 돌아보지 마라

여름이 왔음을 알리는 뇌우가 마치 고발하듯이 거세게 마당을 채찍질하면, 한 시대를 구가하던 장미들은 울다 지친 과부처럼, 아니면 자신이 능욕의 결과로 태어난 아이임을 마침내 알게 된 소년처럼, 완전히 풀이 죽는다. 시든 꽃을 잘라 내 양동이에 담는다. 하루에도 양동이 3개가 가득 찬다. 벼가 살랑살랑 물결치는 논, 원기 왕성한 시끄러운 매미의 울음소리, 짙푸른 나뭇잎, 햇볕이 쨍쨍 내리쬐는 대낮. 정원은 이런 활기찬 것들과는 정반대의 것으로 변하고 마는 것이다. 꽃들은 집요한 고온다습에 노출되면서 흙으로 되돌아갈 준비를 서두른다. 색색의 꽃을 피울 만큼 피워 낸 작약도 한 해 한 번의 중요한 역할을 마치고, 양심을 어딘가에 두고 온 것처럼 낯빛이 비정한 소설가 겸 정원사에 의해 그 호리호리하고 아름다운 목이 가차 없이 베인다.

한여름에 피는 꽃 중에서 나의 기대에 부응할 만한 것은 거의 없다. 아니 분명 있을 테지만, 이 정원에는 심어져 있지 않다. 여름에는 잎만 있으면 된다. 초록 일색의 세계로 충분하다. 6월의 꽃에서 얻은 취기가 계속 나를 질질 끌고 가기 때문이다. 숙취에 시달리는 사람이 물을 원하듯, "꽃 같은 것 이제 됐어."라며 중얼거리게 되는 것이다. 오직 나는 잎을 소망하고, 잎의 초록빛을 눈으로 꿀꺽꿀꺽 삼킨다.

꽃 같은 건 이제 됐다

축제가 끝난 뒤 습격해 오는 일말의 나른함과 허탈감을 느끼면서 나는 더위에 몸을 맡기고, 빈털터리가 된 마음을 뇌우에 내맡긴다. 논두렁에 무성한 여름풀의 기운에 지금이라는 순간을 맡기고, 사고력을 빼앗기 위해 불어온다고밖에 여길 수 없는 뜨거운 바람에 이성을 온통 바쳐 버린다. 그렇게 무위(無爲) 속으로 사라져 가는 나날을 조금도 아까워하지 않고, 실제로 가난뱅이에 가까워지고 있는 것 아니냐는 의심에도 겁내지 않으며, 초여름의 자연계가 방출하는 활기 찬 다양한 음성을 흘려버린다. 고개를 두 개쯤 넘어야 하는 깊은 산중에 홀로 머물고 있는 음산한 모습의 주술사가 내뱉는 가짜 위안의 말이 듬뿍 섞인 주문을 듣듯이 말이다.

그러다 한순간이기는 하지만 나는 이름 없는 해변에 밀려온 나뭇조각 같은 기분이 되어 너무나도 쓸쓸한 그 상황을 좋다고 생각해 버린다. 그렇게까지 확실하고 그렇게까지 멋대로 질주했던 만개의 순간은 벌써 아득한 옛일처럼 여겨지고, 고독 속에서 잊어버린 어린 시절의 추억처럼 먼지투성이 선반에 내던져진다. 그런 사실을 깨달아도 왠지 놀랍지 않다. 이런 자신을 흔쾌히 용서해 버리는 나를 도저히 믿을 수 없다.

피의 흐름이 완전히 멈춰진 듯 무거운 육체와, 이자로 먹고 사는 사람처럼 타락한 정신을 이끌고, 활기 그 자체인 아이들의 커다란 새된 목소리를 오후의 저편에서 들으며, 나는 지지부진한 시간의 흐름이라는 큰 강을 위태로운 발걸음으로 지나간다. 흩어진 꽃들이 뿜어내는 죽음의 냄새를 헤치고 나아간다. 물론 갈 곳이 있을 리 없다. 의미 없이 정원 이곳저곳을 배회할 뿐이다.

그러면 결코 공공연하게 말한 적이 없던 작은 죄와 이런저런 큰 잘못들이 지나치게 선명하고 생생하게 되살아난다. 꽃이 모조리 사라져 버린 정원이 갑작스럽게 뛰어 들어간 절[寺]처럼 느껴진다. 태양은 일부러 숨기려 한다면 용서하지 않겠어라고 나를 협박하면서 반짝반짝 빛난다. 그토록 훌륭하게 피어났던 꽃들에 대한 그 처사는 도대체 무엇이냐고 몰아세운다. 말하자면 죄인 취급이다.

하지만 나는 어리둥절한 표정을 지으며 바보처럼 딴청만 피울 뿐이다. 어디까지나 이 정원의 책임자는 아니라고 우겨 댄다. 나는 단지 불경한 말을 잘 던지는 일개의 글 쓰는 인간에 불과하고, 쓰레기 표면에 둥둥 떠다니는 잡부스러기에 불과한 존재라며 잡아뗀다. 뭣 하면 올해 중에라도 이 집을 처분하고 이 땅을 영원히 버려도 상관없다고 시치미를 뗀다. 그런 목소리가 내 안에서 애처롭게 울린다. 마음의 고통을 숨기며 쌉쌀한 노래를 흥얼거려 보지만, 효험은 전혀 없다.

소나기를 맞으며 질풍을 등지고 떡갈나무 벤치에서 느긋하게 쉬는 나는 참고 또 참아 온 고생한 인물로 보일지도 모른다. 말하자면, 예상 이상의 성공에 오만해진 사재기 가게 주인 비슷할지도 모르고, 이름을 밝히는 것만으로 한 번에 그 자리가 고요해지는 불량배 같을지도 모른다. 하지만 실제로는 화초의 가르침을 수호하는 것이 고작이고, 지난날의 부끄러움을 숨길 기운마저 사라져 아량 깊은 마음의 소유자가 되는 것을 포기해 버린, 단지 66세(이 책은 2010년에 쓰여 2011년에 출간되었다. – 편집자)의 인간이다.

이상적인 아름다움이자 동경의 대상인 정원. 나를 여기까지 이끌어 주고 수십 년 후에는 실현할 수 있으리라 생각하는 정원의 고상한 품격에 대한 생각도 언제인지 모르게 사라져 버리고, 그 대신에 과연 이런 인생으로 좋은 걸까라는 스스로에 대한 경계심이 약간 생겨나기 시작한다. 차라리 청춘 시절의 나쁜 버릇인 도피 행각을 되살려 살아남기 위한 모든 문제를 미뤄 버리고, 넘어지고 뒹구는 삶을 다시 시작해 보면 어떨까 하는, 나잇값도 못하는 생각이 문득 뇌리를 스친다.

부질없는 한탄의 나날들 따위는 이젠 질리고 질렸다. 할 일을 제대로 해내고 있다면 나쁜 일은 없으리라 어르고 달래는 또 하나의 나도 지긋지긋하다. 인생의 장애물을 일일이 제거하는 끝없는 노력에도 지쳐 버렸다. 꽃은 끝났다. 나도 끝났다. 소설과 정원을 한없이 숭상하는 데에는 전혀 흔들림이 없다 해도, "이 근방에서 좀 쉬자."라는 누군가의 속삭임에는 바로 귀를 쫑긋해 버린다. 그런 내 위로 허무가 소나기처럼 퍼붓는다. 마치 해부대에 누인 시체 같은 기분.

정신의 자유에 대한 육체의 구속. 정당한 권리에 근거해 존재해야 하는 생명. 공평무사한 자연계의 위대한 변화. 요람의 역할을 다한 곳에서 정지해 버린 정원 문화. 동물의 동료이면서 영원한 모순을 안고 살아가는 인류. 몽상과 열광의 갈림길에서

떠도는 영혼의 불모의 영역. 사회 전반을 지배하는 속임수의 질
서. 상식을 배반하는 편견들과 그 정당성을 주장해 마지않는 정
치적 환영. 자유주의자라고 젠체하는 사람들을 좀먹는, 상상 속
의 대의명분과 공상적인 이념.

현세를 구성하는 이것저것들을 혐오하면서도, 나는 다양한
녹색이 감도는 바다의 수면 위에서 춤추는 빛의 눈부심에 조금
씩 구원을 받는다. 나의 정신이 쇠하는 것은 꽃의 계절이 떠나
버렸다는, 이른바 탈진증후군의 하나임에 틀림없다. 매년 있는
일 아닌가. 무엇에도 놀랄 것까지는 없다. 다년초와 장미들과
나 사이에는 신뢰할 수 있는 계약이 제대로 이뤄지고 있지 않은
가. 나는 올해 역시 정원 가꾸기에서 그럭저럭 좋은 성적을 거
둔 것이다.

잎의 착실한 노력 없이는
꽃도 없다

그런 긍정적인 생각으로 머릿속이 바뀌어 갈 무렵, 정신은 속세
의 속박이나 질곡에서 슬며시 벗어난다. 풀잎도 나뭇잎도 한계
까지 짙푸르러지고 도톰해지면서 다양한 모습을 보여 준다. 그

리고 종국에는 행복의 부스러기마저 소멸시켜 버린 듯한 표정의 나를 향해 계몽적인 말을 던져 준다.

끝없는 변화가 당연한 이 세계에서 꽃의 계절만을 돌아봐서는 안 된다고 말한다. 쾌락과 고통이 나뉘기 어려운 이 생애를 뚫고 나가야 하는 존재이므로, 결코 한때의 더 나은 상태에 집착해서는 안 된다고 충고한다. 늘 현재에밖에 존재하지 않는 자신을 파악하고, 그때그때 자신을 다스리자고, 또 그리며 살아가도록 된 숙명이라고 끝을 맺는다.

나는 결정적이면서도 간단명료한 이런 진리와 직면하고는 찍소리도 못하고 있다. 곧 나 자신을 감싸고 있는 무기력을 극복해야 한다는 걸 깨닫는다. 그러면 퇴행적인 사고가 딱 멈춘다. 이념과 현실을 분리해 생각할 수 있는 유연성이 강한 정원사로, 식물들과 공동 전선을 펴는 소설가로 돌아가는 것이다.

여름 정원을 운치가 없는 지루한 공간이라 규정한 것은 너무 조급했다. 무의미한 단색으로 유린된 가련한 공간으로 보는 것은 더 큰 잘못이다. 미래가 있는 식물에게는 비약적인 발전을 위해 조용하지만 현저한 전진을 하는 계절이니까. 그러니 쉼 없이 꽃이 피는 계절만을 기대해서는 안 되고, 그것이 전부라고 해서도 안 된다. 잎의 착실한 노력 없이는 꽃도 없기 때문이다. 꽃은 결국 기나긴 인내의 결과에 불과하니까. 꽃이 사라졌다고 해서 정원을 수놓은 배우가 전부 무대에서 사라져 버린 것은 아니니까.

미혹에서 놓여난 나는 약간의 만족감에 힘입어 다시 정원 가꾸기에 힘을 쏟는다. 매주 거르지 않는 약제 살포, 거의 매일 계속되는 김매기, 여름철 장미 가지치기, 아침저녁으로 물 주기, 덩굴식물 쳐내기…. 시간이 아무리 많아도 부족하다. 땀에 흠뻑 전 몸을 차가운 물로 씻어 내고, 포만감 있는 음식으로 에너지를 보충하면 기분까지 개운해진다. 삶은 패배와는 전혀 관계없노라 큰소리도 친다. 살아가는 것에 대해 어떤 대가도 요구하지 말자. 대부분의 문제는 단칼에 해결해 버리자. 강인한 내가 되살아난다.

꽃의 달콤한 잔향이 이미 마음에서 깨끗이 제거됐다. 장족으로 진보하는 식물의 무시무시한 생명력을 뼈저리게 느끼면서 실은 초목이 나의 옹호자였음을 다시 인식한다. 열렬히 확신하며 오늘을 살고, 내일을 맞는다.

개화에서 낙화로 끝나는 것이 식물의 일생이라고 단정해 버려서는 안 된다.

8월

당신을 타락시키는 유혹은 언제나 당신으로부터 시작된다

아즈미노의 여름은 짧다. 그보다 오히려 가을이 너무 빨리 찾아온다 해야 할까. 더위가 한계에 이른 곳에서 순식간에 바람이 달라지고, 그토록 기세등등하던 초목의 무서운 생명력도 쇠락해 가는 것이다. 오감으로는 한여름이 당분간 그대로 계속될 것 같았지만, 오봉(매년 양력 8월 15일을 중심으로 지내는 일본 최대 명절 – 옮긴이)이 지나자마자 어느덧 기운이 꺾이기 시작했다. 여름은 마치 극도의 환각 같은 인상을 남기고 떠나가 버린다. 여름 밖에 홀로 선 나는 그저 망연자실할 뿐이다. 매년 있는 일이지만 계절의 날렵한 표변에 왠지 속고 따돌림을 당한 것 같은, 뭔가 복잡한 기분에 빠져든다.

　왕성한 생명이 추적하던 것은 결국 환영에 불과했는가. 무심코 중얼거리던 나는 마음대로 되지 않는 사계절의 변화에 초조

해 하며 자연의 섭리를 숭경(崇敬)하게 된다. 가는 여름을 아쉬워하는 청개구리들은 불가항력적이고 고압적인 자연에 작은 소리로 몰래 욕설을 퍼뜨린다. 그러나 신학적인 허언과 닮아 있는 그 속삭임도, 잠자리의 날개가 석양에 물들어 빛나게 될 때면 거의 들리지 않게 되어 버린다. 그리고 나는 유기체를 관통하는, 생성과 사멸을 회피할 수 없는 현실에 대해 다시 이런저런 생각을 하게 된다.

봄부터 시작된 폭발적인 지속적 전진에 드디어 그늘이 드리우고, 빛깔과 향기를 더해만 가던 초목의 푸름에서도 쇠퇴의 그림자를 확인할 수 있게 된다. 생육이 그 이상 나아가지 못한 것에 대한 원통함은 가을을 예고하는 산들바람에 남쪽 어딘가로 깨끗하게 실려 가 버린다. 그렇다고는 해도 우리 마당을 구성하고 있는 식물들은 자기 보존 의지를 조금도 잃지 않는다. 고작 가을의 징조 정도에 기개를 빼앗기지 않고, 의연하게 근원적인 자기(自己)를 지킨다.

지나치게 걱정에 빠진 정원사의 불안을 잠재우듯, 계절의 뒷면을 그리려는 것처럼 백합의 동료들이 차례로 꽃을 피운다. 말나리, 오리엔탈 백합의 이것저것이 과도기 형태라는 의미를 훨씬 초월한 아름다움을 불러온다. 침착함과 기품에 충격을 주기 위해 일부러 심은, 시선의 약탈자라고밖에 말할 수 없는 어딘가

독살스럽고 짐승 같은 분위기를 풍기는, 꽃송이가 큰 원예종 백합. 청초한 순백의 카노코 백합. 늘어진 줄기에 많은 꽃을 달아 자칫 폭포를 연상시키는 타키 백합. 화려하면서도 소박한 정취 때문에 전혀 들떠 보이지 않는 산나리.

삶의 출발점은
어디까지나 '개인'이다

초록 일색이던 마당에 다시 색채의 빛을 주는 백합에는 면목약여(面目躍如, 세상의 평가나 지위에 걸맞게 활약하는 것 – 옮긴이)한 바가 있다. 그래선지 호소력도 크다. 어쩌면 변화의 굴레를 벗어나는 힘, 반역적 행위를 유발시키는 힘까지 품고 있는 것은 아닐까라고 문득 생각하며 8월의 꽉 막힌 듯한 느낌을 일거에 타파해 간다. 그러면 내 안에서 치열하게 소용돌이치던 수많은 열병 같은 말도 날아가 버리고, 다음 계절을 맞이하기 위한 마음가짐이 급속도로 갖춰져 간다. 거의 동시에 야수와 종이 한 장 차이인 인간들의 세계에 의문을 품고 그 동향을 냉정한 눈으로 응시할 수 있는 나로 돌아온다. 생명력 자체를 해치고, 자유의 정신을 질식시키고, 지성과 이성의 연소를 막고, 나아가 개인 존엄의 부정을 초래할 수 있는 비정상적으로 비대해진 비인간적인 사회의 구석구석이, 350평의 공간에 몸을 두고 있으면서도 더 선명하게 보이는 것이다.

대담한 추측이 허락된다면, 혹은 예언자 폼을 잡아도 된다면 말하고 싶다. 세계는 뉘우침도 없이 또다시 군화의 비참한 울림에 덮여 버리지는 않을까. 전쟁이 역사의 무대에서 소멸하지 않는다는 그 엄연한 사실이 인류의 어리석음을 여실히 보여 주고 있으며, 이념은 항상 폭력 앞에 굴복해 버린다. 제대로 된 마음의 축복을 받고 우여곡절을 거쳐 마련된 모처럼의 평화도 어느샌가 정의와 애국의 기치를 내세운 사람들에 의해 서서히 옥죄어져 금세 옛날의 모습을 잃는다. 마귀와 짐승 같은 이들을 소탕하기 위한 것이라고 칭해지는 분쟁이 가속화되고 광범위하게 전개된다. 압제자의 지도 아래 탄압받는 백성들은 궐기 집회에 동원되고, 살인귀 병사 혹은 버려진 고기에 가까워져 간다.

살육의 막다른 골목에 봉착한 이들의 영혼을 구하고, 그들에게 인간다운 인간으로서 살아가기 위한 새 생명을 불어넣을 수 있는 존재는 천상에 있는 누군가가 아니라, 어쩌면 들판의 백합뿐일지 모른다. 축적된 실망과 분노, 노예처럼 내재화된 복종, 지배당하는 여론, 살육에 대한 희구, 만들어진 영웅, 세뇌 결과인 고귀한 자기희생 정신…. 백합의 고상한 향기에는 회한의 마음으로 과거를 돌아보게 하는 힘이 있고, 버렸던 비판 정신을 다시금 끌어안게 하는 힘이 있다. 그 향기를 한마디로 요약한 다면, 인간에게 삶의 출발점은 어디까지나 '개인'이라는 당연한 진리다.

평화를 존중한다는 손때 묻은 표현은 이제 일반적으로 타협을 위한 말에 불과하다. 열렬한 소망을 담은, 진지하게 활로를 찾기 위한 표현과는 거리가 먼 것으로 전락했다. 어느 세상에서도 이성과 의지를 유지하는 것은 극히 어렵다. 평온한 시대를 영원히 지속시키겠다는 단순 소박하고 절실하며 정당한 바람은 사람들에게 절대적 복종의 의무를 지게 하려는 패거리들로부터 항상 배격되어 왔다. 미개한 야만 사회는 지금까지도 문명과 문화라는 가면을 쓰고 무시무시한 속도로 갱신되고 있다.

멋진 부조리의 특권을 가진 백합들은 그 향기의 언어로 인간들에게 이렇게 말을 걸며, 자유와 양심의 지지를 간청하거나 호되게 몰아세운다.

—전쟁을 뿌리 뽑지 못하면 세상은 지옥 그 자체가 되어 버린다. 살 가치가 없는 세계가 되어도 이상할 것이 없다.

—신성불가침한 존재는 당신 자신이며, 다른 누군가가 아니다. 그러나 당신을 타락시키는 유혹은 언제나 당신으로부터 비롯되

고, 게다가 당신 주변의 사람들까지도 그 유혹에 노출된다. 마음이 부패해지는 것에 나날이 몸을 맡기면 당신은 진실의 대도(大道)에서 멀어지게 된다. 잘못된 것을 바로잡을 수 있는 명석한 지성도 빼앗겨 정부의 꼭두각시 노릇이나 하는 천박한 대중으로 바뀌어 버린다.

─종전 기념일이 과연 전쟁에 종지부를 찍기 위한 것인가. 천 마리의 학과 기도와 헌화가 평화를 위한 최후의 보루가 될 수 있는가. 물과 흙과 대기로 이루어진 천체의 표면에 던져진 인류는 진심으로 마음의 평정을 필요로 하고 있는가. 진심으로 생지옥에서 탈출하고 싶어 하는가. 신불(神佛)은 정말 우리 자신의 태양으로 삼을 수 있는 자애의 소유자인가. 나라들 간에 인간들 간에 벌어지는 살육을 지상의 쾌락으로 은밀하게 용인하고 있는 것은 아닌가. 이해 못할 정도의 잔학성 등은 전혀 개의치 않는 것 아닌가. 사실은 짐승의 언어로 구제를 말하고 있는 것은 아닌가. 사람들은 종전을 선포한 8월 15일을 단순히 엄숙한 순간으로 받아들일 뿐, 엄청난 수의 희생자는 잊고 있는 것은 아닌가.

전쟁이 사라지지 않는 한
문명은 가짜다

종전 65년째 여름을 맞아 나는 불합리로 가득했던 세기의 어리석은 짓을 장편소설 《원숭이의 시집(猿の詩集)》으로 드러냈다. 전쟁에서 죽은 젊은 군인의 영혼을 뜻밖에 품게 된 흰 원숭이의 눈을 통해 사람과 사람 사이의 피투성이 싸움의 핵심에 접근해 가는 내용이다. 나날이 죄가 깊어지는 인간의 본질을 파헤쳐 국가에 대한 복종과 숭배의 위험성을 짚어 냈다. 그리고 절대 다수의 의견을 안이하게 좇는 일이 얼마나 큰 과오와 비극을 불러오는지, 어떻게 살아 있으면서도 영혼을 잃어버리게 되는지에 대해 그렸다.

원자폭탄이 떨어졌을 때 엄마의 몸에 감싸여 살아남은 어린 두 자매는 무질서했던 전후 일본에서 음식과 사랑을 찾아 헤맨다. 무력하지만 혼자의 힘으로 살아갈 길을 찾다 운명적으로 흰 원숭이와 만나게 된다. 원숭이와 안타까운 마음을 주고받던 자매는 산촌 학교로 부임해 온 여교사에게 원숭이를 맡긴다. 학교 언덕에는 벚나무 고목이 있고, 여름에는 산나리가 만발하지만 ….

현재 그 전쟁에서 살아남은 사람들과 그들의 후손이 경제적 번영의 시대를 거쳐 겉치레뿐인 평화를 만끽하고 있다. 하지만 평화를 넘어 타락의 소굴로 변한 이 나라는 정신은커녕 영혼까지 통째로 뺏길 위험에 처해 있고, 어느새 따라야 할 모범을 어디에서도 찾을 수 없게 되어 버렸다. 완전히 막다른 골목으로 내몰려 있고, 자신을 계속 압박하는 것이 무엇인지도 모르는 자기기만의 재능이 뛰어난 자들이 활개를 치고 있다. 갈피를 잡지 못하는 이런저런 생각 끝에 시대가 역행하지 않으면 좋으련만.

늘 그런 여름이 언제나처럼 막을 내린다. 전사한 젊은 병사들과 피폭당한 순간 계단에 그림자로 새겨져 버린 시인의 영혼을 품게 된 늙은 흰 원숭이. 전쟁고아가 되어 헤매고 있는 어린 자매. 영양 부족으로 남편이 폐결핵을 앓다 죽은 여교사. 주인공이 동경한 목소리가 아름다운 처녀. 실명해 전쟁터에서 돌아온 그녀의 오빠. 인물과 동물, 식물들이 혼연일체가 된 이 이야기는 픽션이라고는 해도 우리 정원을 수놓은 꽃들에서 비롯된 이러저러한 사실과 현상이 녹아들어 가 현실 세계를 제대로 보여 주고 있다.

매번 그렇지만, 만점의 여름 정원이었다고는 결코 말할 수 없겠다. 하지만 문학적인 여름으로는 좋았다고 해야 할 것이다. 청초한 산나리가 의심의 여지없는 가을바람에 산들거리며 그것을 간단명료하고 솔직하게 증명해 주고 있으니까.

9월

예술의 진정한 힘의 원천은 생명체 간의 투쟁 그 자체다

늦더위와 초가을 기운이 감도는 그 짧은 기간 동안 나는 살짝 더위를 먹은 몸으로 풀 뽑기와 물 주기라는 뻔한 정원 일을 지루하게 계속하고 있다. 그러다 금세 어떤 종류의 갑갑함에 휩싸인다. 계절감을 뽐내거나 생기가 도는 초목이 하나도 없다는 것을 새삼 깨닫고 약간 쓸쓸해지고 말았다. 생명의 충만함과 멀어지며 늙어 가기만 하는 자신과, 또 거기서 벗어날 수 없다는 사실을 인식하게 되고, 머지않아 무의 상태로 떨어져 버릴 운명을 절실하게 느끼는 것이다.

한계란 없으며 나는 죽지 않으리라는 그 행복하고 공허한 젊은 시절의 환상도 어느덧 사라지고, 이젠 오로지 현재의 육체에 매몰돼 있는지 없는지도 모르는 내적 본질에 침잠해 갈 뿐이다. 그렇다고 살아남아 보이겠다는 자신과의 계약을 파기하고 싶은 정도는 아니다. 그 증거로 가슴속 어딘가에 희망이 여전히 건재하며 들러붙어 있다.

정원 가꾸기는
궁극의 예술

그 희망이 분노로 바뀌어 갈 무렵, 무기적인 세계로 여겨지던 우리 정원은 다시 유기적인 세계로 회귀한다. 원래 이 정도의 아름다움으로 만족하거나 낙담하거나 하는 것 자체가 잘못이었다는 깨달음, 즉 발전하고 있는 정원에도 좋은 점이 있다는 걸 알게 됐다. 그리고 또 하나의 나에게서 이런 질타의 목소리가 들리는 것이다.

저자세의 타협에서 태어난 아름다움은 흔한 아름다움에 지나지 않는다. 이성을 온통 던져 버리고 싶을 만큼의, 측정할 수 없을 정도의 아름다움을 목표로 하지 않으면 안 된다.

그러한 충고를 무비판적으로 받아들인 나는 정말 그 말이 맞다고 내뱉는 동시에 다시 생명력 왕성한 강한 존재로 돌아간다.

마음 한구석에 처박혀 있던, 낮은 것에서 높은 것으로, 열등한 것에서 고등한 것으로 끌어올려 주는 원동력에 불이 붙어, 350평을 둘러싸고 전개되는 아름다움의 갈등이 아직도 불충분하다는 사실을 깨닫게 된다. 다른 장르의 예술은 어떤지 모르겠지만 정원 가꾸기가 가져다주는 아름다움은 결코 황당무계한 신화 같은 것이 아니다. 그것은 감상자의 오감뿐만 아니라 영혼과 육체 전체에 강렬한 영향력을 끼친다. 영혼을 뒤흔드는 감동의 힘을 갖고 있는, 참으로 희귀한 예술, 즉 궁극의 예술인 것이다.

숙명적으로 자연의 법칙을 따르는 초목 하나하나가, 신비한 부조리를 지닌 인간과 동시대를 살아가면서 인간을 단단하게 품어 준다. 정원 가꾸기는 언어, 그림 도구나 악보, 암석이나 점토, 금속이나 유리처럼 경험을 통해 자유자재로 조종하는 것이 불가능하다. 식물을 상대로 하는 예술이기 때문에 그렇게 쉽고 순조롭게 높은 곳을 향해 나아갈 수가 없다. 고난과 좌절의 연속이 되리란 건 처음부터 알고 있었다. 그래서 빠져들게 되는 매력, 아니 마력이 있는 것이다.

추구해 마지않는 정원은 무지하고 비속한 대중의 갈채를 받는, 값싼 아름다움을 창조하는 것이 아니다. 성인 남자가 체력과 기력, 미의식을 모두 쏟아부어 만들어 내려는 작품이 이 정도일 리 없다. 일거에 완성된 정원은 일거에 붕괴된다. 그 완성

은 거짓의 완성이기 때문이다. 정원 가꾸는 데 완성이라는 종착
점은 없다.

전진만이 예술의 진수에
다가가는 법

이리하여 옮겨심기의 작업이 시작된다. 그것이 방의 재배치 같
은 것일 수는 없다. 어쨌든 상대는 살아 있는 생명체인 것이다.
꽃꽂이를 하는 사람과 정원을 가꾸는 사람의 결정적인 차이는
식물을 단지 물건으로 간주하는가, 살아 있는 생명체로 간주하
는가에 있다. 뿌리와 끊긴 초목은 색종이나 털실과 별반 다르지
않으며, 설령 물을 빨아들인다 하더라도 이는 생명체가 결코 원
치 않는 잔인한 처사임이 틀림없다. 그런 행위가 예술이나 아름
다움일 리 없다.

　새로운 묘목을 심을 때도 옮겨심기를 할 때도, 그 작업들이
주는 기쁨은 각별하지만, 때로는 신성하고 고귀한 사명을 띤 행
위처럼 느껴지는 순간이 있다. 그때 느끼는 극도의 피로는 허무
로 바뀌는 종류의 것이 아니고, 회의에 빠져들게 하는 것도 아
니다. 나무와 화초가 어울리는 장소에 딱 들어맞고 정원의 격이

몇 단계 오른 것 같은 보람을 느낄 때, 혹시 성과 없는 싸움에 도전하고 있는 건 아닌지 모르겠다거나 출구도 끝도 없는 미로에 갇혀 버린 건 아닌가 하는 의심은 완전히 사라지는 것이다.

다른 예술처럼 정원 가꾸기의 필수 조건 역시 엄격한 일관성이다. 하지만 그 견고함을 겉으로 드러내서는 안 된다. 정원의 목적은 마음과 영혼을 편안하게 하고, 정신을 현혹시키는 나쁜 마음이나 일상으로부터 벗어나는 데 있다. 가능하면 인간적 광명을 부르고, 더 나은 세상을 암시하고, 영원히 야수로 남으려는 사람을 그렇지 않은 인간으로 바꾸는 데 있는 것이다. 이왕이면 그 정도의 정원을 만들고 싶다.

하나를 옮겨 심으면 또 다른 하나를 옮겨 심게 되고, 그 옮겨 심기가 또 다른 옮겨심기로 이어진다. 그러면 마치 종교적 광기에 휩싸인 사람처럼 나는 조형의 심오함에 빠져 어느새 대규모의 개조를 하고 만다. 반쯤은 무익하다고 여겼던 시간이 유익해지고, 머릿속에 그린 미래의 정원 밑그림이 조금씩 실현되면서 마치 전능한 힘이라도 얻은 것 같은 충족감이 커져 간다.

그런 내 모습을 제삼자가 봤다면, 나에게서 남다른 노력으로 무언가를 뚫고 나온 귀기(鬼氣) 같은 것을 느끼지 않을 수 없을 것이다. 내 두뇌를 차지하고 있는 열정에 의심의 눈초리를 보내지 않을 수 없을 것이다. 사실 지금까지 몇 사람이 농담 반, 걱정 반으로 그런 지적을 해 준 적이 있다. 하지만 그때마다 나는 이렇게 대답했다.

우선 말해 두자면, 나는 파괴자가 아니다. 다툴 여지가 없는 창조자이며 개조자다. 다행인지 불행인지, 여러 가지를 평균 정도만 하는 걸로 만족하는 타입은 아니다. 가치가 있을 것 같은 일은 철저히 해야만 하는 타입으로, 사실 그렇게 살아왔고, 앞으로도 그렇게밖에 살 수 없을 것이다. 그것이야말로 나 자신을 창조하는 것이라고 확신한다. 소설이든 정원 가꾸기든 나는 그것들을 통해 본의 아니게 이 땅에 정착하고 있는 나 자신을 찾고, 존재 이유를 탐구하고 있는 것이다. 그게 아니면 마음의 갈증, 이성의 졸음, 인간 정신에 대한 뿌리 깊은 불만에 시달리고 있는 자아로부터 벗어나려는 것인지도 모른다.

매년 다른 소설을 발표하고 매년 다른 정원으로 바꾸는 나에게 예전과 같은 작품을 써 달라거나 수년 전 그 정원으로 되돌려 달라는 사람이 적지 않다. 하지만 절대 귀를 기울이지 않는다. 나는 정원이든 소설이든 전진의 기치를 높이 올려 미지의 세계를 개척하려는 사람의 전형이기 때문이다. 예술의 진수에 다가가는 데에 그 외에 다른 방법은 없다고 확신하고 있다.

예술의 원천은 현실 그 자체

나는 음침하고 감상적이며, 연약한 격정에 질식할 듯 괴로워하며, 복음을 가져다줄 이를 기다리는 듯한, 부패와 타락에서만 아름다움을 찾아내는, 그런 인간이 아니다. 그러한 자들은 아름다움을 위한 아름다움에 불과한 예술을 방패 삼아 현실을 멀리하는데, 이들이 압도적으로 많은 탓에 그들의 예술이 주류가 되었다. 그들의 작품에는 힘과 열정이라는 절대 빠지면 안 되는 요소가 빠져 있고, 섬세함만이 승부의 열쇠가 되어 버렸다. 그 당연한 결과로 오늘날 예술은 쇠퇴하기 시작했다.

예술의 배후 어딘가에 자리를 차지하지 않으면 안 되는 것은, 미와 추라는 척도를 훨씬 초월한 생생한 현실 그 자체다. 현실이라는 견고한 발판을 마련하지 않은 채 아름다움뿐인 세계를 아무리 치밀하게 구축한다 해도, 결국은 보잘것없는 환상일 뿐이다. 작품이 취약해지는 것을 피할 수 없다.

예술의 진정한 힘의 원천은 생존 경쟁을 포함한 현실 세계 그 자체이기도 하고, 더 정확하게 말하면, 자신 이외의 생명체를 탐욕스럽게 먹어치우는 생명체 간의 투쟁 그 자체에 있다. 현실의 기반 위에 서 있는 아름다움이라면 감동이 더 깊이 뿌리를 내려 마음뿐 아니라 영혼에까지 도달할 것이다.

안타깝게도 아주 일부 작품을 제외하고는 예술은 아직 예술을 흉내 내는 수준에 그치고 있다. 그 피상적인 미의 세계는 금세 바닥을 드러내고, 비슷하게 흉내 내고 다시 찍어 내는 행위가 횡행한다. 추남과 추녀가 그리는 동경과 꿈이 가득한 부끄러운 세계가, 장사가 된다는 것만으로 부추겨지고, 그 연장선상에서 예술이 영원히 퍼져 나가리라는 잘못된 관념이 설치고 있다. 그 결과 신경이 섬세하면서도 불타는 정신과 호방한 기골을 겸비한 진정한 감상자들에게 외면당하고 버려지게 됐다.

예술은 죽지 않았다. 예술은 씩씩하게 살아 있다. 죽은 것은, 선이 가는 타입이라는 걸 유일한 자랑거리로 삼고 어중간한 재능밖에 없는 예술가와, 그들을 지탱해 온 같은 부류의 사람들뿐이다.

옮겨심기가 끝나고 새로 주문한 모종을 심을 장소도 결정되면, 중노동으로 고생한 몸을 상쾌한 바람이 씻어 준다. 이미 나는 한시적 감정에 휘둘리는 사람도, 장벽을 무너뜨리는 기술을 모르는 사람도, 이 세상과 지옥의 경계를 모르는 사람도 아니다. 토지의 굴레에 묶여 행동의 자유를 빼앗긴 한 정착동물로서의 인간도 아니다. 한 곳에서 원하는 곳으로 영혼을 자유롭게 이동시킬 수 있고 한없이 예리하며 자기기만과는 전혀 관계없는 자유인이 되어 있다.

10월

단풍에 취한 찰나로도 충분하다

어떤 원인에 의한 것인지 정확히 밝혀지진 않았지만, 한동안 시들했던 우리 집 정원의 단풍이 작년 가을 무렵부터 갑자기 되살아났다. 20년 전 같은 숨 막히는 아름다움과는 거리가 멀지만, 기대한 만큼의 색깔은 띠어 어쨌거나 감상할 만한 것이 됐다. 지구 온난화인지 뭔지의 나쁜 영향 탓에 이대로라면 고도 천 수백 미터 이상이 아니면 단풍이라는 요염한 현상을 볼 수 없게 되는 것 아닌가 하고 우려하던 차였다. 그런데 너도밤나무, 단풍나무, 철쭉, 노송나무 등이 진하고 다양한 노랑과 빨강으로 조화로운 세계를 방불케 하는 광경을 빚어낸 것이다.

온전한 평온을 좋았다

바람 없는 맑은 날 오후였다. 단풍이 절정에 이른 정원에 한 걸음 내디딘 순간, 처음으로 땅에 적응해 길들여진 인간이 된 듯한 기분에 휩싸였다. 또는 뭐랄까, 의심할 여지없이 내 세계의 전부라 할 수 있는 350평에 대한 본능적인 애착이 생겼다. 선과악, 정의와 불의, 행복과 불행, 기쁨과 슬픔, 매일매일의 마음고생, 사소한 것에 얽매이는 감정, 이렇게 저렇게 힘든 경험들, 깊어져만 가는 체념. 이러한 것이 전부 합쳐져 있는 세상의 이치를 따지지 않고, 이 세상을 긍정하는 내가 되어 있었다. 살기 위해 끝없이 투쟁을 벌이며, 타인의 희생으로 살아가는 생존 방식을 매우 수상하게 여기던 나는 북알프스 저편으로 사라지고 없었다.

그렇다고 해도 이런 생각을 흐려 놓는 조건은 전혀 없다. 아름다움 외의 것은 모두 뒤로 숨기고, 형이상학적인 사변을 떨쳐버리며, 고통받는 사람에게 느끼는 동정심까지 고스란히 던져버리게 되지는 않았다. 색감이 따뜻한 얼룩덜룩한 단풍 아래를 잠시 배회하다 홀로 명상에 몸을 맡기고, 한편으로 말할 수 없는 행복감에 젖어 들었다. 그러면서 나는 의심할 바 없이 현세의 일부이고, 최상의 햇빛을 쬐는 것이 어울리는 동포의 일원임을 다시 자각했다. 축축이 젖은 황야를 끝없이 방황하고 평생에 걸쳐 순례 여행을 하는 수도자 같은 소설가는 더는 거기에 없었다.

노란 장미의 색이 깊어지고, 피어 있는 꽃들은 간직해 뒀던 미지의 향기를 풍긴다. 그 향을 맡을 때마다 본래 자신의 모습이 되었을 때 드러나는 반짝임을 명확하게 자각할 수 있었다. 그러면 절로 벤치에서 몸을 젖혀 하늘을 보게 된다. 강풍을 낳고 천둥을 던지며 크게 심기를 건드리던 여름 하늘은 이제 보이지 않는다. 거기엔 장황한 푸념을 봉쇄하는 짙은 푸른색이, 속세의 모든 이해관계에 초연한 군청색이 끝없이 펼쳐져 있을 뿐이다. 나쁜 기억이 불쑥 떠오르는 일도 없고, 이미 때가 늦었다는 속삭임도 들려오지 않았다.

오랫동안 조용히 추구해 온 것은, 정열의 불꽃을 다시 활활 타오르게 해 줄 자극적인 무엇도 아니고, 하늘이 갈라지고 땅이 흔들리고 해일이 덮치는 등의 도를 넘는 천재지변도 아니다. 실은 이러한 평온 그 자체인 하루였을지도 모른다.

어린 시절 라디오에 딱 달라붙어 지냈다. 그 시절 가슴에 그대로 깃들었던 음률을 서툰 휘파람으로 연주해 보았다. 그러면 좋든 싫든 간에 사랑과 증오의 산과 계곡 몇 개를 돌파하지 않으면 안 되었던 지난날들이, 언어와 손을 맞잡고 살아온 66세의 남자에게서 떨어져 나갔다.

그런 자신이 시작도 끝도 없는 매우 가벼운 존재라는 착각이 들었다. 즉, 이 세상에서 힘든 수행을 하며 이리저리 쫓기다 겨우 이승에서 해방되는 생명체 중 하나는 아닌 듯 생각되고, 피할 수 없는 죽음이라는 사실도 마음속에서 만든 환영으로 받아들여졌다. 작은 새의 지저귐도 낙엽의 바스락거리는 소리도 풀벌레 울음소리도 들리지 않았지만, 그 고요함은 겨울의 한밤중을 지배하는 오싹한 고요함과는 같지 않았다. 따뜻한 침묵에 싸여 있는 사이에 머리가 어질어질해지고 눈꺼풀이 졸음으로 무거워졌다. 그때 마음은 이미 잠의 바닥에 가라앉아 있었다.

실제로 잠든 시간은 아마 30분 정도였을 것이다. 해는 아직 높아 기울어질 기미를 보이지 않고, 색으로 물든 나뭇잎은 의연하게 신들의 후광과 견줄 만큼 더없는 아름다움을 자아내고 있었다. 아직은 마음이 평온하지 않은 나로 돌아가지 않았다. 기억이 희미한 오랜 과거가 마음을 어지럽히지도 않았고, 앞날을 걱정하며 얼어붙는 일도 없었다. 말을 잃을 만큼 어마어마하게 아름다운 공간까지는 아니지만, 그날만큼은 아무리 봐도 정원이 질리지 않았다. 정원은 가능한 색채를 모두 동원해, 조금 지쳐 있던, 아니, 어쩌면 아사 직전에 빠져 있었을지도 모를 영혼을 금세 치유하고, 기쁨으로 부풀어 오르게 했다.

그렇다고 해도, 거의 첫 경험이라고 할 수 있을 정도로 기묘한 느낌이었다. 불길한 웅성거림에 파묻힌 바깥 세계와 나 사이에 경계선 하나가 깔끔하게 그어진 것 같은, 늘 봄인 아득히 먼 땅에 내던져진 것 같은, 무죄로 방면된 것 같은, 저승의 문 앞을 서성거린 것 같은, 그런 좋은 기분에 잠겼다. 완전히 나이 들어 덜거덕거리는 신체도 잊은 채, 황홀한 시선을 나뭇가지 끝에 두고 언제까지나 단풍이 부르는 승리의 노래에 취해 있었다. 향기로운 산들바람이 불 때마다 점점 더 향을 발하는 가을 장미는 미덕 충만한 색채로 물들어 눈요기 이상의 것을 보여 주었고, 여기저기 벌레 먹은 내 마음에 고요히 침투했다. 고뇌로 인해 지친 기색이 농후해지는 정신을 붙잡았다.

　살림 냄새 나는 생활 속으로 서슴없이 발을 들이는 위급한 문제들. 여러 모습으로 존재하는 자신 사이에서 생겨나는 싸움. 점점 화석화되고 있는 사는 보람. 혼자서 싸우지 않으면 안 된다는 비장한 각오. 제압당해 부서져 버린 인생 그 자체. 행복해지고 싶어 애타는 심정. 아직도 갈망해 마지않는 향락. 이미 미래를 기대할 수 없게 된 피할 수 없는 궁지(窮地). 남들보다 강해지려 열심히 노력했는데도 패배 일로를 걷는 남은 인생.

이런 것에 일일이 걸려 넘어지며 어쩔 수 없이 얻게 되는 것은 세계관을 왜곡하는 이런저런 편견뿐이었다. 오랜만에 단풍의 열렬한 신봉자로 변한 나는 정원을 채색하고 있는 초목이 내 마음에도 깊이 뿌리 내리고 있다는 것을 실감했다. 그 덕에 생기를 띤 생명력을 깨닫고, 긴 시간 걷고 걸어 드디어 새로운 지평선을 발견한 느낌이었다. 의식의 구석구석까지 새롭게 확 바뀌는 것을 느꼈다. 현세의 모든 이해에서 초연해질 수 있는 자아를 느꼈다.

온 세상이 죄에 파묻히든, 인간이 생존 경쟁만을 수행하는 생명체로 있든, 지구란 행성이 호전적인 부자들이 다스리는 행성으로 있든, 우리의 미래를 옥죄고 있는 것이 우리 자신이든, 법이 추구하는 정의의 확립이 망상과 같은 것이든, 삶의 목적과 존재 이유가 영원한 수수께끼이든, 연약한 생명체가 모두 멸종되는 것이 자연의 대법칙이든 아니든 단풍이 선사한 도취의 하루를 경험할 수 있다면 그로써 훌륭한 생애는 아닐까라고 진심으로 생각했다.

단풍이 든 정원에 가슴을 찌르는 듯한 감동의 밤이 살짝 내려앉는다. 화려한 별들 사이에서 작은 희망이 보이고, 우리 낙엽수도 조명을 받아 환해진다. 그러면 빨간색과 노란색이 강렬하게 어우러지고, 달은 입을 꼭 다물며 요구하는 것이었다. 소설가이자 정원사, 타협자이자 반역자인 누군가에게 이단아적인 견해를 토로하는 짓을 멈추고, 멈춘 김에 번잡한 고찰도 그만두고, 이 세상을 구성하는 분자의 역학적 진동에 전심전력을 다해 뇌수에 심어져 있는 본능과 정반대의 것을 추구하라고 말이다.

욕망의 마수에 빠진 야수가 되어 죄악투성이인 생애를 보내야 하는 처지가 되지 않아 다행이다. 노력 여하에 따라 풍부한 결실을 거둘 수 있는 일을 하고, 심오한 취미에 빠져들 수 있는 환경을 얻을 수 있어 다행이다. 자연의 일부에 지나지 않는 인간이란 사실을 순순히 음미하고 이해하며, 아름다움과 사랑, 위로의 정이 인생에서 중요한 자리를 차지할 수 있게 돼 다행이다. 슬픔과 분노만을 맛보는 게 아니라 언젠가는 반드시 찾아올 좋은 날을 기대하면서 나쁜 일은 별것 아닌 일로 치부하며 웃을 수 있는 나여서 다행이다. 그리고 무엇보다 임종까지의 시간을 세는 것 말고는 할 수 있는 게 없는 고령의 노인이 아니라 다행이다. 정말 다행이다.

단풍의 향기는 낙엽이 썩는 냄새와는 분명히 다르다. 가슴 저 밑바닥에서 부스스 타고 있던 분노와 증오를 완전히 끄고 더욱 이상적으로 나아가기 위한 준비를 하게 만들고, 복음과도 비슷한 길조를 예감하게 했다. 기분은 헬륨가스를 가득 채운 풍선처럼 가벼워졌다. 저 세상으로 가는 최후의 순간을 두려워할 필요는 없다. 불안을 불러오는 것들은 실제로는 하나도 존재하지 않는다. 모든 노력이 무익한 것이었다 해도, 고통스러울 때 등을 쓰다듬어 주는 이 하나 없는, 기댈 곳 없는 신세였다 해도, 수많은 미로에 빠지고 풍진 세상을 거침없이 누벼 정토(극락정토)인지 뭔지에 도달할 수 없다 해도, 한 번 단풍의 향기에 감싸인 경험을 할 수 있다면, 흙으로 돌아가는 숙명 따위 불어오는 바람을 온몸으로 맞이하듯 받아들일 수 있으리라.

유종의 미, 시적인 정서, 부활의 상징으로 단풍은 물질적 번영에 오염된 마음을 순화하고, 지적 혼란을 가라앉힌다. 행복이 순간적인 찰나인 것은 당연하며, 순간이기 때문에 행복이라고 타이르고는 길고 깊은 침묵에 잠긴다. 그러면 나는 난폭한 유물론과 타고난 열등감으로부터 벗어나 어둠 속에 떠 있는 단풍에서 불멸의 철학을 느끼며 정원을 떠난다. 아내와 잉꼬 네 마리가 기다리는 거실로 돌아가는 것이다.

11월

현실과의 투쟁을 피할 수 있는 생명체는 없다

지나는 길에 보이는 녹슨 풍향계와 정원 식물들의 생명의 나침반이 정북쪽을 가리키는 횟수가 날로 늘어나고, 자유를 압살하는 듯한 찬바람이 몰아치면 너도밤나무, 고로쇠나무, 단풍나무는 드디어 겨울에 자리를 양보할 때가 온 것을 깨닫고 공연히 슬퍼지는 마음을 소리로 표현한다. 계절이 가져오는 지극히 당연한 변화라고는 하지만, 맹렬한 대기의 이동이 단풍 든 잎을 시들게 하고 가차 없이 나뭇가지에서 떨어뜨려 납빛의 하늘 저편으로 날려 버릴 때마다 이 세상에서 발생하는 모든 운동이 소멸되는 것은 아닐까 하는 불안에 사로잡힌다. 때죽나무의 친구인 북미산 하레시아는 쌓인 눈에 가지가 부러지는 걸 막고 또 장미에 햇볕이 닿을 수 있도록 가늘고 길게 자라난 탓에 돌풍을 맞을 때마다 활처럼 휘어져 여태까지 힘들게 키워 온 나를 조마

조마하게 한다.

그런 며칠이 지나면 머리 위가 훤히 열려 하늘이 몇 배나 넓어진 듯한 날이 찾아온다. 숭고하고 무한한 하늘의 아름다움을 다시금 느끼게 된다. 가장 중요한 아름다움을 계시해 주는 존재를 잊고 있었다는 사실을 깨닫고, 겨우 수십 미터 공간 안의 아름다움만을 고집하고 있었던 내가 부끄러워진다. 잎이 떨어진 나뭇가지 너머로 하늘과 비늘구름 바로 아래 무리 지어 날아가는 역동적인 철새 모습을 넋 놓고 바라보는데, 마음 깊숙한 곳에서 말을 걸어 주는 상대가 없는 것이 아닌가 하는 자책과 자성의 마음이 생겨난다. 비록 집필과 정원 가꾸기에 전념하더라도 말이다.

초목은 땅에 완전히 뿌리를 내렸건만, 나는 여전히 사회적 기반을 잃고 세상의 틀에서 밀려 나온 뿌리 없는 풀의 상태는 아닐까. 이미 정신이 파탄 나 야만적인 상태로 퇴보하기만 하고 고귀함과는 전혀 상관없고 오직 망각으로 구원받고 있는 쓸쓸한 인간인 것은 아닐까. 사실은 피 흘리고 상처 입은 인생이 더 잘 어울렸던 것은 아닐까.

벌거숭이 나무들과 북풍이 만들어 낸 합창은 절절한 마상가(馬上歌, 전쟁 중 말 위에서 부르는 노래 – 옮긴이)처럼 들리고, 이 노래는 영원한 죽음을 불어넣을 기세로 하룻밤 내내 계속된다. 그러다 다음 날 아침이면 융성해 가던 모든 생명이 사라진 듯하다. 빛나는 새벽의 명왕성조차 단순히 빛나는 점에 지나지 않고, 만물은 완전히 몰락의 운명에 내맡겨진 것 같은 느낌이 든다. 바닥에 두껍게 깔린 낙엽을 밟고 돌아다니는 나는 결국 유죄 선고를 받고 만 피고인 꼴이다.

오랫동안 명맥을 유지한다는 것은 어떤 의의가 있을까. 몸이 늙고 쇠약해져 점점 그늘로 내몰리는 것은 인내할 가치가 있는 걸까. 설령 한곳에 계속 머물렀다 할지라도 사람의 생애라는 것이 결국은 주소 부재의 방랑인 것은 아닐까. 인생은 대체로 연극으로 시작해서 연극으로 끝나는 것은 아닐까. 일견 해결했다고 생각한 문제도 조금 지나 보면 미해결 상태인 것을 깨닫게 되지 않는가. 결단하지 않으면 안 되는 것, 기습적인 슬픈 생각, 피하고 싶은 만남, 나 자신을 구하기 위한 갈등, 시대적 조류의 힘에 굴복하는 나약함, 울분을 풀기 위한 어리석은 행동….

모든 식물이 잘 해냈다

무엇에도 휘둘리지 않는 삶 따위는 결국 몽상 중에서도 몽상이었다. 대서특필할 만한 감동적인 사건 따위는 한 번도 없었다.

안녕을 추구하는 마음은 늘 충족되지 않는다. 그러나 이러한 부정적인 기분은 오래가지 않는다. 연일 건조해 낙엽은 수분을 잃고 바싹 마르고, 미풍에도 우왕좌왕하며 날린다. 그 소리가 마치 우아한 시 낭독처럼 들리면, 태만하고 산만했던 정신이 다시 하나로 정리되어 자신을 새로 발견한 것 같은 기분에 휩싸인다. 가을의 황량한 풍경은 약점이면서 강점인 것을 깨닫는다. 버스럭거리는 무미건조한 소리에 괜스레 고마움마저 품어 가을이 최고의 인상을 남기고 떠나가는 여행자처럼 느껴지는 것이다.

낙엽 위를 걷고 있으면 올 한 해 정원의 편력(遍歷)이 끝난 것을 실감하지 않을 수 없다. 모든 식물이 잘 해냈다. 기대만큼 혹은 그 이상으로 훌륭하게 핀 꽃도, 잎이 무성하게 자란 초목도, 그다지 성장하지 못한 초목도 대업을 이루려는 강한 의지를 내년 봄으로 넘기고는 긴 겨울잠에 들어가려 한다. 그들에게는 끝없이 반복되는 시련을 극복해 갈 생기와 풍요로운 미래가 있다. 비참한 처지가 기다리고 있을 것이 분명한 노년에 접어드는 것은 나밖에 없다.

그러나 정원 관리자로서 내 앞길도 살짝 빛나고 있다. 앞길이 원만할 것이며, 고생스러운 날이 이어지진 않을 것 같다. 적어도 오래 살 가치를 부여하는 의무와 기쁨 정도는 있어야 한다는 생각이 나를 감상적이면서 염세적인 태도에서 벗어나게 하고 불굴의 정신을 일깨워, 한 해의 마지막 정원 일로 몰아간다. 우선은 가지치기부터 시작하지 않으면 안 된다. 잎이 떨어지면서 나뭇가지 형태가 선명해지자 어떤 가지가 조화의 미를 완성하는 데 방해가 되는지 잘 보인다. 싹둑 자르는 가지치기 가위 소리가 해질녘까지 계속된다. 높은 나무에는 사다리를 놓고 올라가 가지치기용 톱이나 손도끼를 교대로 사용하면서 나무 모양을 깔끔하게 다듬는다. 쳐낸 가지는 모두 작게 쪼개 낙엽과 섞는다. 보수력(保水力)을 갖춘 유기비료로 만들기 위해서다.

깊고 아름다운 풍경을 만들기 위해 빼놓을 수 없는 수수한 작업이지만 괴롭지는 않다. 그렇다고 해서 즐거워 참을 수 없을 정도도 아니다. 그러나 왠지 그만둘 수 없어 나도 모르게 계속하다가 퍼뜩 깨달았을 땐 이미 밤이 시작되기 일쑤였다. 더 좋은 정원을 만들기 위해서라면 몸을 아끼지 않는다는 행위와는 다르다. 본능의 어딘가가 자극받았기 때문일지도 모르고, 아니면 농경민족의 피가 끓어서일지도 모른다.

어느 쪽이든, 그런 자잘한 손질 덕에 처음으로 식물 하나하나에 눈이 머물고 그 식물이 과연 무엇인지를 정확하게 파악할 수 있게 된다. 단지 바라보고 있기만 해서는 알 수 없는 작은 것들을, 사실 작지만 꽤 중요한 것들을 파악할 수 있다. 하늘소 유충 때문에 생긴 구멍, 이웃 나무에 악영향을 주는 가지, 해충 알, 지나치게 성장해 전체적으로 약해지기 시작한 다년초…. 이런 치명적인 문제를 알아챔으로써 살려 낸 초목이 수없이 많다.

몸으로 깨달은 것은
평생 남는다

무엇이든 겉만 봐서는 본질에 가까워질 수 없다. 직접 손으로 만짐으로써 처음으로 실태를 파악할 수 있다. 엄청나게 많은 책을 읽고, 컴퓨터가 보여 주는 정보의 바다를 헤엄쳐도 실제 체험이 빠진 지식은 결국 자신의 것이 되지 못한다. 하물며 확고한 진리에 도달하는 것은 몽상 중의 몽상이다. 몸으로 깨달은 것은 평생 남지만 머리로만 얻은 확신은 금방 의문에 흔들리고 부정되어 버린다.

그것은 읽을 수는 있지만 쓸 수 없는 것과 비슷할지도 모른다. 읽는 것은 머리만으로도 충분하지만 쓰는 것은 정원 일처럼 육체적 노동이 동반된다. 그런데 실제로는 읽는 것과 쓰는 것의 결정적인 차이를 가벼이 여기는 사람이 너무 많다. 양쪽 모두 동일한 지적인 행위로 해석되고, 그러한 오해에서 생긴 낙차에 불필요한 고뇌를 강요당하는 사람도 적지 않다.

읽는 것은 감상이고, 쓰는 것은 연주다. 연주를 하려면 당연히 거듭 연습하지 않으면 안 된다. 즉, 몸에 익히는 노력을 오랫동안 참고 계속하지 않으면 안 된다. 글을 써야 비로소 자신이 보려던 것이 선명해진다. 몸을 쓴 덕에 받을 수 있는 선물인 것이다.

잊지 말아야 할 것은 오체를 통해 현실을 계속 접하는 자세다. 그것 없이 태만한 선택만을 하면 어설픈 정보와 싸구려 지식에 휘둘려 떠밀려 간다. 언젠가는 자신을 잃고 현실의 벽에 부딪혀 나가떨어지는 나약한 인간이 되고 만다. 그리고 곧 도망칠 곳도 잃고, 인생이 교착상태에 빠져 패기를 잃는다. 마음뿐 아니라 영혼까지도 기운을 잃고 축 처지게 된다.

체험과 경험이 밑받침되지 않는 지식과 정보에 매달려 살아가려는 사람은, 경솔하게 산 사람보다도 더 비극적인 결말을 맞는다. 너무 부자연스럽고 비현실적인 '히키코모리(은둔형 외톨이 - 옮긴이)' 같은 극단적인 삶을 그만두지 않으면, 생명을 소생시키는 것은 일단 불가능하다.

있는 그대로의 순수한 현실은 모든 생명체에게 끊임없는 투쟁을 요구한다. 그리고 그것을 피할 수 있는 생명체는 하나도 없다.

아찔한 자유의 문은 현실과 투쟁하는 것을 기피한 자 앞에서

닫혀 버릴 것이다. 투쟁은 현실 안에만 숨겨져 있는 진정한 보물을 발굴하는 것이고, 나아가 이 세상을 살아가기 위한 유일무이한 길이다.

생각대로 되지 않는 것투성이, 불쾌한 것투성이, 지긋지긋한 것투성이. 그렇기 때문에 사는 것이 재미있다고 발상을 전환하는 데 성공하지 않으면 진흙으로 만든 인형 같은 일생을 보낼 수밖에 없다.

현실과의 투쟁을 포기하는 생물은 인간 외에 없다. 인간은 문명의 어중간한 발달로 인해 덧없는 행복감에 현혹되고, 불특정 다수의 삶에 자신을 과도하게 맞추려 한다. 그리고 유년기부터 청춘기에 걸친 부모와 사회의 과보호에 의해 자립하지 않아도 살아갈 수 있을지 모른다는 물러터진 환상에 젖어 있다. 정원의 초목이라면 어쩔 수 없는 일이라 치부하면 그뿐이다. 하지만 인간은 실제 사회라는 정글에서 살아남지 않으면 안 되므로 그야말로 위기다.

12월

가장 아름다운 장미는 바람에 단련된 것이다

겨울이 확고한 계절로 자리 잡고 우리 식물이 가혹한 수개월간을 어찌어찌 살아남을 수 있도록 준비를 마치면, 정원은 바로 눈앞에 있는데도 단번에 훨씬 멀리 있는 존재가 된다. 그토록 깊게, 그토록 열정을 가지고 참여한 공간인데도, 우리 둘(나와 정원)은 마치 거기에 존재하지 않는 것 같은 냉랭한 관계가 된다. 정원은 공터와 다르지 않게 되고, 나는 일개의 글쟁이로 전락하고 만다.

그리고 조금 지나면 육체적인 인간에서 영적인 인간으로 부드럽게 전환돼, 다양한 꽃으로 가득 차 있던 뇌가 이러저러한 철학적 언사에 순식간에 점령당한다. 하지만 동서고금 철학자들과 다른 생각이 떠오르는 것은 어쩔 수 없다. 몸의 마디마디에 단단히 각인되어 있는 중노동의 기억이 강렬하게 작용해 들

뜬 사고를 엄격하게 제지한다.

북알프스가 눈에 덮일 무렵에는 문득 이런 생각을 한다. 위대한 철학자들이 만약 정원 꾸미기에 정신을 쏟을 수 있었다면, 그들은 진정 기뻐하며 위대한 범인으로서 생애를 장식할 수 있지 않았을까 하고 말이다. 즉, 철학자들의 이런저런 고민은 육체를 너무 등한시한, 무서울 정도로 단순한 데 기인하고 있는지도 모른다. 땅을 일구고 돌을 나르고 좋아하는 초목을 심어 기르는 등의 생활을 체험했다면 살아가는 의미 등의 복잡하고 까다로운 문제에 대해 그토록 고민하지 않아도 되지 않았을까. 현세의 생명체에 대해 어떠한 의혹도 끼어들 여지가 없지 않았을까. 그들에게 부족했던 것은 척추동물로서 당연히 흘려야 하는 땀과, 꾀죄죄한 현실 속에 엄연히 존재하는 아름다움을 발견하는 것은 아니었을까. 사실은 겨우 그런 것들을 하지 않아 고민에 휩싸였던 것은 아닐까.

도시는 생물이 살 만한 공간이 아니다

서재에 틀어박혀 관념에만 매달리고, 나 혼자 인간과 세계 전체를 파악하려 하면 어떤 천재라도 결국은 고뇌로 인한 고뇌라는 악순환에 빠질 수밖에 없다. 급기야 광기의 거친 바다에 내던져지는 처지가 되고, 비굴한 기분에 내몰려 자살이라는 최악의 답을 내놓게 되는 것도 어렵지 않다. 인간도 엄연히 동물의 일원이다. 그런 만큼 육체를 충분히 사용해 현실의 큰 덩어리로서 자연계와 타협하고 최종적으로는 융합하지 않으면 안 된다. 그렇게 해야만 삶의 기쁨을 맛볼 수 있도록 만들어져 있는 것이다. 유기체라는 물질로 존재하는 생명체의 모습을 어디까지나 이차적인 정신에만 완전히 의지해 찾는 것은 유치하고 왜곡된 방법이다. 그런 식으로 도출된 결론은 자연히 잘못된 것이다.

시대와 문명이 사람들의 각오보다 너무 빠르게 발전해 이제 자연을 상대로 하는 삶을 살 수 있는 사람은 소수로 한정되어 가고 있다. 대부분 사람은 책상에 묶여 있거나, 상품을 판매하거나, 반자연적인 열악한 환경에서 반자연적인 육체노동에 종사하면서 육체와 영혼 모두 죽어 가는 인생을 강요당하고 있다. 하지만 무슨 연유인지 이 위험성이 어느 정도인가를 진지하게 연구하는 학자는 거의 보이지 않는다. 머리와 몸을 사용하는 것이 인간의 숙명인데 자연계로부터 차단된 공간에서 하는 노동밖에 없다면 그것은 건전한 인간의 존재 방식에 크게 반하는 것이다. 설령 휴가를 산과 바다에서 보낸다고 하더라도 그 정도로는 뼛속까지 스민 스트레스를 해소하는 것이 무리다. 조만간 암이나 우울증에 걸리거나 해서 건강을 해치게 될 것이다. 단지 존재하는 것만으로 맛볼 수 있어야 하는 삶의 기쁨에서 점점 멀어진다.

도시가 이상한 세계이고, 생물들이 살 만한 공간이 아님을 명심해야 한다는 걸 진심으로 설득할 사람이 없다면, 그 중요한 역할의 일부를 내가 담당해야만 하는 것인지도 모른다. 쓸데없는 참견이라는 비난을 받겠지만 말이다. 절대 그럴 리는 없지만, 만약 내가 도시에서 살았다면, 소설가로서는 물론 인간으로서도 쓸모없었으리란 건 쉽게 상상할 수 있다. 과연 이 나이까지 살아 있었을지도 지극히 의심스럽다.

지금 나는 장엄하고 가혹한 대자연에 둘러싸여 있다. 그 자연의 풍요로움과 엄격함이 육체와 정신에 계속 큰 영향을 미치고, 잔혹한 이 세상에서 사는 의미를 영혼에 단단히 새겨 주고 있다. 그리고 우리 정원은 사계절 내내 고귀하고 명확한 삶의 방식을 제안해 주고, 어떻게 사는 것이 가장 바람직한가라는 근본적인 물음으로 생각을 이끌어 준다. 나의 이런 말을 순순히 이해해 줄 사람이 매우 적겠지만 자연으로부터 나는 책 수만 권을 독파하는 것 이상의 대발견을 계속 하고 있다. 생활 패턴을 바꾸지 않고 앞으로 몇 년 정도 정원 가꾸기와 집필에 몰두하면 어쩌면 영혼의 해방이라는 세계를 엿볼 수 있을지도 모르겠다. 모든 종교가 목표로 하지만 도달하지 못한 그 세계 말이다. 마음이 앞으로 전진하며 충실해지는 것을 체감하는 요즘이다.

재생과 부활을 거듭하는 초목은 하찮은 존재인 나에게 영원을 약속하고 생기가 바닥나는 것을 막아 준다. 또한 때로는 감미로운 평화와 영혼의 환희를 가져다주고, 죽음의 시기와 형태에 집착하지 않도록 해 준다. 그런 귀중한 자극이 소설에 반영되지 않을 리 없고, 계속 글을 쓸 수 있는 큰 동력이 된다. 또, 글을 쓰는 날들은 정원에 아름다움의 힌트를 선사하고, 정원을 가꾸는 날들은 소설에 진화와 심화야말로 아름다움의 증거라는 사실을 가르쳐 준다.

가장 아름다운 장미는 바람에 단련된 것이다

어느덧 우리 정원의 주연이 된 장미는, 원종(原種)이나 원종과 유사한 종류가 늘어나 철쭉, 만병초, 너도밤나무, 단풍나무와 더불어 다른 정원에서는 별로 찾아보기 힘든 인상을 만들어 내고 있다. 그렇기에 내년 봄의 정원을 떠올리기만 해도 지금을 살아가는 의미와 내일을 살아가는 근거를 확실히 알 수 있다. 이 행복은 누구도 막을 수 없고 어떤 것과도 바꿀 수 없다. 이것이야말로 최고 경지에 이른 행복이라고 단언하기에 이른다.

장미가 상징하는 것은 열정이고 희망이며, 사랑이고 도취다. 반면 정원에 몰아치는 바람이 상징하는 것은 대체로 장미와는 정반대의 것이리라. 장미와 바람, 그 둘은 바로 삶 자체를 상징한다. 이 둘의 싸움이야말로 현세를 넘어선 생명 본연의 자세를 시사하는 것이다. 이 쓰라린 세상이 단순히 우연과 인연의 연속에 불과하다고, 혹은 망각의 도움 없이 살 수 없는 세상이라고, 혹은 자기 자신을 저주할 수밖에 없는 끔찍한 지옥이라고 단정하기 전에, 좋아하는 장미 한 송이를 생각해 보자. 때와 장소에 엄격히 제약받는 그 장미가 어떻게 가혹한 바람을 견디며 꽃을 피우는지를.

그렇게 하면 이 세상이 너무 버거워 영혼이 몰락하는 비극을 피할 수 있으리라. 도를 넘는 불행한 자기주장도 저절로 그칠지 모르고, 절망과 한 지붕 밑에서 사는 사태도 피할 수 있을지 모른다. 정말 아름답고 멋진 장미는 거친 바람에 단련된 것이다. 온실의 빈틈없는 환경에서 쑥쑥 자란 장미는 꽃잎에 얼룩 하나 없고 벌레에 먹힌 흔적도 없는 완벽한 아름다움을 갖추고 있지만, 생명 그 자체가 발하는 생생한 색채를 띠지는 않는다.

찬바람 부는 광야를 홀로 걷는 것 같은 깊은 외로움에 시달릴 때가 있을지라도, 자신의 생명은 어차피 타다 남은 나무토막 같다고 쉽게 단정해서는 안 된다. 마음을 닫아 버리는 일이 있어서도 안 된다. 마음의 눈을 뜨고 주위를 샅샅이 보면 마른 풀에 몸을 숨기고 개화의 계절을 기다리는 들장미의 다부지고 씩씩한 모습을 발견할 수 있을 것이다.

사람의 의지라는 것이 과연 정신의 어디쯤에 존재하는지 알 수는 없지만, 본래의 힘을 믿고 역경을 물리치며 그 힘을 발휘하려는 사람의 반짝거림은 장미의 그것보다 훨씬 멋지고, 그것이야말로 인간에게 가장 어울리는 길을 걷는 것이리라.

일 년 내내 피는 장미는 실제로 존재하지 않는다. 사철 피는 장미라는 게 있지만 말장난일 뿐이다. 설령 품종이 개량돼 그런 장미가 나온다고 해도 거기서 받는 느낌은 컴퓨터 그래픽으로 만든 뻔한 영상과 크게 다르지 않다. 봄에 단 한 번 피는 들장미가 주는 감동과는 비교할 수 없을 것이다.

이것은 어디까지나 나의 개인적인 감상이다. 많은 정원이 겉모습의 화려함에 지배당해 내용은 죽은 정원이 되어 가고 있다. 정신의 죽음을 폭로하는 것이 목적인 듯한 정원과 문학이 횡행하는 현실에서, 내가 목표로 해야 할 것은 그 정반대에 위치하는 것이리라. 내게는 큰 야심이 있다. 정원과 소설을 통해, 도달할 수 없는 세계에 조금이라도 더 가까이 다가가는 것이다. 그 꿈을 실현하려면 음과 양을 상징하는 바람과 장미의 나날을 지날 수밖에 없다. 바람은 장미를 단련시켜 진정한 아름다움을 부여하고, 장미는 바람에 향기를 실어 보낸다. 그리고 언어는 안정되지 못한 인간계를 바람처럼, 장미 향기처럼 관통하면서 형언할 수 없는 매력으로 감성과 지성을 격렬하게 불타오르게 할 것이다.

무죄 선고를 받은 피고인처럼

자 그래서, 제멋대로 때로는 책략까지 써 가며 대담하기 짝이 없는 방식으로 촌음을 아껴 이리저리 들쑤신 결과, 어떤 아름다움을 지닌 마당이 되었는가. 그걸 생각할 때 또는 아름다움에 까다로운 지인들에게 그런 질문을 받을 때 나는 그저 대답이 궁해질 뿐이다. "글쎄, 어떨까요." 하고 마치 남의 일인 것처럼 대답을 반복할 수밖에 없다.

사실 이와 똑같은 일은 오랫동안 몸담았던 소설의 세계에서도 일어난다. 내가 최종적으로 어떤 작품을 쓰려 했는지에 대해서 사실은 잘 모르게 됐다. 그때그때 감성의 변화와 발작적인 번뜩임에 좌우되는 횟수가 너무 많고, 순간순간 내린 속단이 쌓여 너무나 큰 효과를 발휘하기 때문이다. 이러한 애드리브의 재미와 묘미에 완전히 매료된 것이 틀림없다.

그래도 내 가치관은 왠지 산만함에 빠지지 않고, 자신을 잃지 않을 정도의 수준에서 쉴 새 없이 바뀌어, 단 하나의 미학에 열중하는 일은 절대 없다. 그래서 어디까지나 순수하고 아주 자연스러운 의식의 흐름에 따라 창작을 해 가는 것이야말로 진정한 기쁨을 더욱 잘 맛볼 수 있는 기본자세라고 확신할 수 있게 되었다.

　나는 인생의 무대 뒤에 슬쩍 몸을 숨긴 채 정념에 사로잡히거나, 고독을 견디기 위해 무모한 감정에 휘둘리며 방종한 나날을 보내거나, 행동의 고삐를 그대로 운명에 넘겨 스스로 망하는 길로 안이하게 걸어가거나 하는, 세상의 예술가들에게서 흔히 볼 수 있고 어째서인지 많은 사람이 좋아하는 그런 삶을 기피해 마지않는다. 그렇게 보면 정원에 대해서도 소설에 대해서도 더 확고한 지표를 갖고 있어야 마땅하겠지만, 근래에는 그런 엄격한 마음을 갖지 않고 어디까지나 즉흥적인 만들기에 분주하며, 이를 즐기고 있다.

　모든 예술이 우연의 산물이라는 말이 맞을지도 모르겠다. 분명 자유분방한 사고력은 변덕스러워 운에 맡기는 방식으로밖에 태어나지 않는 것 같다. 사실은 그다지 집착할 이유가 없는 자아란 놈을 과감하게 통째로 휙 내팽개칠 때 멋진 발상이 나올 확률이 크다. 결코 아류와 모방이 아니라 획기적인 무언가를 만들어 내겠다고 터무니없이 큰 목표를 소리 높여 내건 경우, 자기 자신을 완전히 지배하려는 긴장감에 오히려 위대한 영감이 방해를 받고 만다. 독창성의 출구를 제 손으로 막아, 갖고 있는 재능에 일부러 독을 풀어 죽이는 꼴이 된다.

오락가락과 임기응변이라는, 일견 무책임하고 뻔뻔스러워 보이는 수법으로 이어지고 있는 최근의 우리 정원과 내 소설은, 원래 품고 있던 발상의 힘을 몇 배나 높이고, 창작의 기쁨을 한없이 증폭시키는 좋은 결과를 낳았다. 게다가, 조락(凋落)의 노년을 맞게 되는 것 아니냐는 염세적이고 부정적인 성향이 완전히 불식돼, 마음의 터전으로 삼을 무언가를 필사적으로 찾아 헤매는 발버둥질이 급감했다. 즉 쓸모없는 마음의 요동이 소멸한 것이다.

그것이 궁극의 경지로 이어질지는 모르겠다. 그러나 조금이나마 정신의 목마름에서 벗어날 수 있었던 것은 틀림없는 사실이다. 이를 악물고 그저 자기를 억누르는 가혹한 정진을 계속하지 않더라도, 그냥 흐름에 맡기는 것만으로 간단히 마음을 다른 데로 내보낼 수 있게 되었다. 이런 식으로 가다 보면 어쩌면 저절로 안립(安立, 불교 용어. 해탈과 비슷한 상태다. – 옮긴이)할 수 있게 되어 생사를 초월한 존재로 착각할 수 있는 곳까지 다다를 수 있을지도 모른다.

무죄 선고를 받은 피고인처럼

그런 당치 않은 일을 몽상하는 나는 지금, 단조로운 중노동의 속박에서 풀려난 스스로를 엄동의 뜰에 팽개쳐 두고 찬바람을 맞고 있다. 그러면 뭔가 이 세상 모든 것이 허망한 것에 지나지 않는다고 생각돼, 피하려면 피하지 못할 것도 없는 쓰라린 실패, 번뇌에서 태어난 이것저것을 웃어넘길 수 있게 된다. 그리고 어차피 죽음에 이르는 길을 쏜살같이 달리고 있는 것 아니냐는 허무감도 금세 사그라져, 현세에 대한 아무 쓸데없는 불신도 부쩍 약해진다. 무죄 선고를 받은 피고인처럼 기분이 개운해진다. 어느새 내 안에 오랫동안 박혀 마음을 찌르던 가시 하나하나가 쓱 하고 빠져나가는 아주 기분 좋은 감촉을 확실히 느낄 수 있다.

거의 기적에 가까운 우연에 의해 주어진 이 삶을 가벼이 여기는 마음은 조금도 없다. 하지만 그렇다고 해서 불필요할 정도까지 중히 여길 것도 없지 않은가라고 생각한다. 이런 유연한 마음이 화창한 봄날 오후의 숲을 거니는 것 같은 기분에 젖어들게 한다. 지금까지 내 삶을 육십 몇 차례 지나간 봄이다. 언제까지나, 가능하면 생애 마지막 호흡을 할 때까지 이 기분이 계속되길 바라지 않을 수 없게 된다.

"정원과 소설에 딱 맞는 몸과 마음으로 노년기를 맞이한 게 행운이 아니라면 대체 뭐가 행운이란 말인가."

이런 유익한 조언을 또 다른 나에게서 듣는다. 가깝고도 먼, 멀고도 가까운, 오만 가지 목숨이 반짝반짝 빛날 다음 봄을 기다리며, 새로운 정원과 새로운 소설에 대한 마음은 더욱 활기를 더해 간다. 남의 눈에는 지루하게 보일지 모르는 날들이 작지만 튼튼하게 뿌리를 박은 행복의 날개를 조심스럽게 퍼덕이며, 현세에 살고 있는 자의 쾌락이 무엇인지에 대해 거짓 없고 상냥하게 설명해 준다.

극락은 저 세상에 있는 것이 아니다.
이 세상의 정원이야말로 천국 그 자체인지도 모른다.

그리고 나날이 발전하는 유일무이한 극락정토를 만들 수 있
는 것은 유치하고 비열한 환상에서 태어난 절대적 존재가 아니
라, 흔한 일상의 작은 변화에 일희일비하며 덧없는 생명의 실을
무서울 정도로 끊임없이 잣고 있는, 불면 날아갈 것 같은 일개
살아 있는 인간임에 틀림없다.

2010년 12월, 아즈미노에서

정원에서.

"단 한 번 단풍의 향기에 감싸인

경험을 할 수 있다면, 흙으로 돌아가는 숙명 따위

불어오는 바람을 온몸으로 맞이하듯

받아들일 수 있으리라."

그렇지 않다면 석양이 이토록 아름다울 리 없다

초판 1쇄 발행 | 2015년 5월 8일
초판 2쇄 발행 | 2016년 7월 25일

지은이   마루야마 겐지
옮긴이   이영희
책임편집   여미숙
디자인   김한기 · 김수정

펴낸곳   바다출판사
발행인   김인호
주소   서울시 마포구 어울마당로5길 17(서교동, 5층)
전화   322-3885(편집), 322-3575(마케팅)
팩스   322-3858
E-mail   badabooks@daum.net
홈페이지   www.badabooks.co.kr
출판등록일   1996년 5월 8일
등록번호   제10-1288호

ISBN 978-89-5561-761-0 03800